JN088007

CHARACTER

ロイ・ルヴェル

ルヴェル男爵家の落ちこぼれ、学院では劣等生の通称"落第貴族"。実は剣聖と大賢者の正体は彼であり、魔力の流れ"星脈"を感知できる。

白の剣聖クラウド

ロイが剣聖として活動する時の姿。アルビオス王国の守護神であり、七穹剣の第一席。二本の剣を扱い、圧倒的な実力を誇る。

黒の大賢者エクリプス

ロイが大賢者として活動する時の姿。ルテティア皇国が誇る十二天魔導の第一位。無限の魔力によって神々の力を再現する"神淵魔法"を扱う。

ユキナ・クロフォード

ロイと同じグラスレイン学院に通う魔剣科のクールな美少女。通称"氷剣姫"。A級の魔眼である天狼眼(シリウス・アーク)を持つ実力者で、ロイに興味を持つ。

アネット・ソニエール

ロイと同じ学院に通う魔導科の天真爛漫な少女。炎魔法に関する凄まじい才能を持っているが、魔力のコントロールは苦手。

エニス・エルランジュ

学院の三年生で生徒会長。剣魔十傑の第一席でスタイル抜群。実力・美貌を兼ねそろえた人気者だが、露出癖がある。

レナ・ルヴェル

ロイの妹。学院の魔導科に通う優等生で、兄をやればできる人だと慕っている。ロイと同じく"星霊の使徒"であり、莫大な力を秘めている。

深夜にこっそり露出趣味
「みんな……見てたなぁ……」

「この衣装って卑猥すぎない？
胸もお尻もだいぶ……」

「奏でよ、刃の詩人——
【竪琴ノ幻矢《フェイルノート》】」

空に無数の光の矢が浮かび上がる。
それらは必中の矢。
決して目標を逃がさない狩人だ。
矢は一斉に空から魔導人形へと向かっていく。
国境守備軍の魔導師たちの
魔法を弾いていた魔導人形たちだが、
俺の魔法を弾くことはできない。
一撃で胴体を貫かれ、核が破壊される。

CONTENTS

The tale of the strongest fallen aristocrat's
sword-magic masterful dark struggle.

最強落第貴族の剣魔極めし暗闘譚２

タンバ

角川スニーカー文庫

24012

Illustration：へりがる
Design Work：atd inc.

第一章　剣魔十傑第一席

CHAPTER 01

1

ガリアール帝国。大陸のほぼ半分を領土とする超大国。

現皇帝が即位してから二十年、積極的な侵攻策を取り続け、狙った国は必ず落としてきた。

そんなガリアール帝国の現在の標的は、大陸北部にあるアルビオス王国、ルテティア皇国、ベルラント大公国からなる〝三国同盟〟。

しかし、一月前に帝国は総勢四十万にもおよぶ大軍勢と特殊部隊を投入して、ベルラント大公国を攻略しにかかったが、失敗に終わった。

これはここ二十年では最悪の敗戦であり、帝国に侵略された国々を勇気づけるには十分すぎる大金星だった。

帝国各地で反帝国の狼煙《のろし》が上がり、大規模な反乱が三つも起きた。

それは三国同盟にとっては待ちに待った朗報。国力を考えれば、三国同盟が帝国に対抗し続けるのは難しい。

だが、侵略国家である帝国は土台が脆《もろ》い。強大な帝国の軍事力に抗《あらが》うことができず、征服された国はたくさんある。彼らは帝国の武威が健在なうちは従うが、その武威が衰えれば一気に反抗に転じる。

そのため、侵攻を跳ね返し続ければ内部から崩れる。それが三国同盟にとっては数少ない勝ち筋といえた。

そして、一月前の大敗北により、ようやく帝国に綻びが見えた。

そのはずだった。

「十万規模の反乱が三つ……そのどれもが一日もかからず鎮圧されたか。さすがは親衛隊といったところか」

ルテティア皇国と帝国との国境。

反乱勃発の報を聞き、黒の大賢者〝エクリプス〟として俺はそこにいた。

いざとなれば帝国に攻め込むことも考えていたが、それは無理そうだ。

「皇帝ご自慢の〝親衛隊〟……ふざけた話だ。大軍勢の後ろに化け物どもが控えているんだからな」

皇国が誇る十二人の精鋭魔導師、〝十二天魔導《じゅうにてんまどう》〟。その第七位に位置する風魔のヴァレール。

年は二十代半ばあたりで、金髪の男。

整った顔立ちに、服の上からでもわかる細身だが引き締まった体。見るからに上等そうな服を平然と着こなす姿は、名門貴族か、もしくは大成功を収めた商人あたりを思わせる。

特徴的なのはその落ち着いた声と、端整な顔に浮かんだ不敵な笑み。

何やらよからぬことを考えてそう。

そんな風に思わせる雰囲気を体中から発している。

曲者《くせもの》。そんな言葉がお似合いなヴァレールだが、今は苦虫を噛《か》み潰《つぶ》したような表情を見せている。

「今まで皇帝の傍《そば》を離れなかった親衛隊……それが動いたなら暗殺のチャンスかと思ったが……」

俺とヴァレールがここにいる。それは皇帝の暗殺が可能かもしれないから。

帝国と三国同盟の国力差は歴然だ。

それなりに互角の戦いなのは、そもそも防衛戦だからというのと、白の剣聖、黒の大賢者という王国と皇国の最高戦力によるところが大きい。

とはいえ、いつまでもそれが続くとは限らない。

だから三国同盟の勝ち筋は、帝国が内部から崩壊すること。その一因となりそうなのが征服された国々の反乱であり、皇帝の暗殺もその一つだ。

ただ、皇帝の暗殺は難しい。

親衛隊と呼ばれる五人の精鋭が皇帝の傍にいるからだ。

親衛隊は俺に匹敵する実力者たち。この親衛隊を引きはがさないと、皇帝には届かない。

大規模な侵攻失敗で帝国軍は弱体化し、皇帝はこれまで温存していた親衛隊を反乱鎮圧に使ったわけだが、その鎮圧が早すぎる。

一人、一か所を担当していたとしても三人が皇帝の傍を離れた。残り二人が皇帝の傍にいたとしても、これほど皇帝の護衛が手薄になるタイミングはこれまでなかった。

ここ数年間で最大のチャンス。けれど、これでは暗殺などできない。

情報には必ずラグが生じる。俺たちが今知ったということは、もっと前に反乱は鎮圧されている。

今から向かっても、皇帝の傍には万全の状態の親衛隊がいるだろう。

「帰るぞ。暗殺は不可能だ」

ヴァレールにそう告げると、俺は踵《きびす》を返す。

皇帝は帝国の絶対権力者。そして強硬な侵攻策の支持者。皇帝が健在なうちは帝国の侵攻は終わらない。

つまり、俺の複雑怪奇な三重生活も終わらない。

さっさと終わらせるチャンスかと思ったが、さすがに無理か。

「親衛隊の数を減らさないとか」

「簡単に言うな。帝国最強の五人だぞ？　常に皇帝の傍にいるから、前線には滅多《めった》に出てこないが、出てきたときには単独で国を落とす猛者《もさ》どもだ」

つまり、お前と同種だ。

そう言うヴァレールに俺はため息を吐《つ》く。

よくわかっているし、だから困っている。

これではいつまで経《た》っても俺は剣聖と大賢者をやめられない。

どうして人生とはこう、上手《うま》くいかないのだろうか。

■■■

ルテティア皇国。

三国同盟の一員であり、優れた魔導師を多数抱える魔法の国。

その最精鋭は十二天魔導。

その第一位だけが大賢者の称号を名乗れる。

魔法において右に出る者はいないという称号。すべての魔導師がそれを目指し、研鑽《けんさん》を重ねている。

そんな称号を、いらない、捨てたいと考えているのは歴代で俺だけだろう。

「親衛隊が動いた段階で皇帝への暗殺を仕掛ける！　そういう作戦のはず！　なぜ動かなかった⁉」

皇国の皇都にある城。

皇王の居城の最上階。王の間にて俺とヴァレールは皇王より叱責を受けていた。

あー、やめたい。

皇王の言葉を右から左へ受け流しつつ、とりあえず頭だけを下げる。

ルテティア皇国の王、ルシアン・ヴァン・ルテティア。

年齢は五十。少し生え際が後退した金髪に、薄い緑色の瞳。

ルテティア王家の特徴を引き継ぎながら、見た目は凡庸。纏《まと》う雰囲気もやや情けない。

どこにでもいそうな中年。それが皇王ルシアンだ。

これで魔導師として優れているとか、政治手腕に長《た》けているとか、何か優れている一面があれば面目も立つのだが、ルシアンはどこまでいっても普通。

ゆえに優秀な者には嫉妬するし、王の権威にも拘《こだわ》る。それが自分のすべてだからだ。

大公国への侵攻が判明したとき、俺とヴァレールは皇王には何も告げずに動いた。結果的に剣聖を動かすことになり、大公国を守れたわけだが、それが皇王からすれば面白くない。

大賢者といえど皇王の臣下である。それが勝手に動いたとなれば面目を潰されたも同然だ。

だから、当たりが強い。お世辞にも大物とは言えないルシアンからすれば、ここ最近、自分の面目を潰した相手の失態だ。

粗を見つけて、喜々として叱責してくる。それで自分のほうが上だと示したいんだろう。

まぁ、俺たちに問題があればそれでいいんだが。

「大賢者殿！　何か弁明はないのか⁉」

「皇王陛下はお怒りだぞ！」

側近たちも王にならって責め立ててくる。

だが、俺もヴァレールも何も言わない。言う必要がないからだ。

ルテティア王家はかつて魔導師として栄華を極めた一族だ。その力で魔導師たちを集め、ルテティア皇国を興した。

しかし、その栄華は今や昔。ルテティア王家から大賢者が輩出されたのは、かなり昔のことだ。もうルテティア王家には魔法の才で魔導師をまとめる力はない。

そんなルテティア王家が常に安定して、国を治められたのか？

それはその時々の大賢者と常に協調路線を取っていたから。

「作戦についてはエクリプスとヴァレールに一任しておりました。二人が無理だと判断し、撤退したのです。それについて責めるのはお門違いというものでしょう」

発言したのは王の隣にいる男。

口ひげを貯《たくわ》えつつ、スラッとした体型のその男は、紫の服を纏っていた。

その髪は金髪、その目は緑目。

ルテティア王家に連なる者だ。そして。

「しかし、エルランジュ宰相！」

「指示を与えたのは私です。ご不満があれば私に仰せください。大臣方も遠慮なく」

怜悧《れいり》な目で王と大臣たちを一瞥《いちべつ》すると、誰もが口をつぐんだ。

皇国の実質的な最高権力者。凡庸なルシアンが王でいられる理由。

それは傍らで支える者が有能だから。

ルティア皇国宰相、シメオン・エルランジュ。

王の弟であり、エルランジュ公爵。

王の座を狙えば王になれただろう人物。しかし、争いを嫌い、兄を補佐する道を選んだ男。

その実力は疑いようがない。政治、軍事どちらにも長《た》けており、謀略にも秀でている。

俺の父であるルヴェル男爵が十二年前、アルビオス王国とルティア皇国の過激派を壊滅させた事件の際、宰相は裏で父と繋《つな》がっていた。

当時から同盟の必要性を感じていた宰相は、邪魔な過激派を始末するのに父を利用したのだ。

「親衛隊の動きは想像以上に早く、皇帝の暗殺に向かえば全滅は必至。その状況でも行くべきだったというなら、大賢者エクリプスに代わる国防の要を用意していただきたい。失敗すれば、我々は亡国の憂き目に遭うのです。それでも行くべきでしたか？」

「いや、それは……」

「では、この件は終わりでよろしいですね？　陛下」

「う、うむ……」

「エクリプスとヴァレールは下がっていい。ご苦労だった」

言われるがまま、俺とヴァレールは退室した。

あの宰相がいなければ、今の三国同盟は成し得なかっただろう。

とはいえ、違う見方をすれば父上並みの曲者だ。

ある種、俺が大賢者を辞めるための障害でもある。

まぁ、今は味方だ。そこについて深く考えるのはやめておこう。

疲れるだけだ。

2

なんて思っていたのに。

「突然、お邪魔して申し訳ないな。エクリプス」

「私は忙しいのだが？　エルランジュ宰相」

会議のあと、退出した俺は宰相の部下から、宰相が話したいと言っている、ということを聞かされた。

無視するわけもいかず、こうして屋敷で出迎えているわけだが。

「あまり時間は取らせない」

「そうだと助かる」

皇国の貴族は俺の慇懃無礼《いんぎんぶれい》な態度や、その得体の知れなさを嫌って、あまり関わってこない。

だが、宰相はそういう貴族とは違って、俺と交流しようとしてくる。

あしらってはいるが、めげない人だ。

「もしも……皇王陛下に関することなら気にしなくていい」

「そのことではないが……そのことについても謝罪しよう。嫌な思いをさせた、申し訳ない」

静かに宰相は頭を下げた。

大賢者との関係性は王家にとって重要だ。ましてや今、ルテティア皇国には帝国という巨大な敵がおり、大賢者がいなければ国の防衛が難しい状況だ。

「頭を下げる必要はない。王の気質は理解している」

「そう言ってくれると助かる。兄上は……蔑《ないがし》ろにされるのを嫌う。余裕があるときは話だけでも通してやってくれ」

前回、独断専行したことを言っているんだろう。だが、話を通している時間はなかった。すぐに協力してくれるなら頼るが、あの王がすんなりと協力するはずがない。納得させる時間が必要で、その時間が無駄だから話を通さなかった。

「もちろん、余裕があるときだけでいい」

「一応、覚えておこう」

「そうしてくれ」

宰相はそう言うと俺が出したお茶を一口飲む。とはいえ、式神に淹《い》れさせたものだ。大した味じゃない。

「ふむ、大公国の茶葉か。我が国とはまた違う味わいだな」

「適当に選んだものだ」

俺の言葉に宰相はフッと笑いつつ、香りを楽しむ。

そして。

「前にした話を覚えているだろうか？　エクリプス」

「……」

あえて俺は無言を貫く。もちろん覚えている。だが、面倒な話だ。できればしたくない。

だが、宰相は気にした様子もなく話を続ける。

「私の娘であるエニスは、ここ最近のルテティア王家に連なる者としては、最高の資質を持っている。グラスレイン学院の剣魔十傑《けんまじっけつ》第一席にして、十二天魔導《じゅうにてんまどう》の第十二位だ。弟子に取る気はないだろうか？」

ルテティア王家は魔法の力で王家へと登り詰めた。しかし、その才は陰り、王家＝最強の魔導師という構図は崩れ去った。

だが、そこに現れた天才。

宰相の娘は王家の期待を一身に背負う存在なのだ。いずれは大賢者に、皆がそう思っている。

だから、こんな話が俺のところへ持ち込まれる。

たしかに宰相の娘は天才だ。多くの人は思うだろう。大賢者を辞めたいなら譲ればいいじゃないか、と。

たしかにそうなのだけど。実力のない者に譲ったら、皇国は早々に滅ぼされる。俺は自分が二度と表舞台に立たないようにしたい。

だから大賢者に相応《ふさわ》しい実力を持った者にだけ譲る。後継者が欲しいのだ。しっかりとした実力のある、後継者が。

　そしてその観点から言うと。

「答えは前と一緒だ。お断りする」

「なぜだ？　娘には資質があると思うが？」

「魔導師としての資質はあるだろう。間違いなく天才だ。しかし、それと大賢者に向いているかは別問題だ」

「本人も大賢者を目指している。我々にはわからない大賢者の資格があるのか？」

「向いていない。私から言えるのはそれだけだ。それでも目指すというなら止めはしないが、私の弟子にはしない」

　宰相はなおも食い下がろうとするが、俺は手を出口へと向ける。

「言ったはずだ。私は忙しい」

「……時間を取ってくれたことに感謝する」

　宰相は諦めて席を立つと、大人しく部屋を出ていった。

　見送りくらいはするべきだろうが、俺は本当に忙しい。

　なにせ、睡眠時間を削っているのだから。

■■■

時刻はそろそろ零時を回る。

どうにかこうにか帰ってきた俺は、大賢者エクリプスから落第貴族のロイへと戻る。

そのままベッドへダイブした。

「あー、疲れた……」

親衛隊に動きあり。その報告を受けたのが昼過ぎ。

式神を残して、俺は皇国へ渡った。幸い、今日はレナとの約束もなかった。

レナとの約束があったら、どうにかして誤魔化《ごまか》さなきゃ駄目だし、約束を後回しにすることで機嫌も損ねていただろう。

そういう意味では帝国もタイミングがいい。こんな複雑な生活をしているのも帝国のせいだから、感謝する気にはならないけれど。

「このまま寝たい……」

ふかふかの布団でゴロゴロするのは幸せだ。

誰にでもある権利。けれど、俺にはそれが許されない。

体を起こして、俺は一つ伸びをする。

「うーん……見回りするか」

学院が襲撃されてから、俺は学院の見回りをしている。もちろん、秘密裏にだ。

深夜に見回りをして、異常がないか調べる。

帝国は大公国への侵攻に失敗した。それは学院を突破できなかったからだ。

再度、何かしようとするなら学院へ細工してくるだろう。だから、見回りをする。

意味があるかはわからないが、それで守れる安全がある。

「眠たい……」

代わりに俺の睡眠時間が削られる。

陰から守るのも楽じゃない。

「救いなのは学院内が平和ってことくらいか」

もう学生は眠っている時間だ。当直の教師はいるだろうが、それくらい。

結界も作動しているし、騒ぐような生徒もいない。

ここは三国同盟の明日を担う若者を育てるグラスレイン学院。

ベルラント大公国にある魔剣士と魔導師を養成する学院。その設立には剣の国、アルビオス王国と魔法の国、ルテティア皇国が関わっている。

大陸のほぼ半分を自国の領土とし、さらなる拡大の動きを見せる超大国ガリアール帝国に対抗するために、大公国、王国、皇国の三国が共同で設立、運営している。

よって。

国を守るという強い目的意識をもって、生徒たちは学院に来ている。夜中に馬鹿騒ぎをするような奴《やつ》はいないし、いては困る。

いては困るんだが……。

「いたなぁ……」

学院にある稽古場の裏。

そこに結界が張られていた。気づかれない程度のギリギリの結界。

触れれば存在を感知されるタイプの結界だ。

視認も難しく、そのうえ魔力感知にも引っかからない。注意してなきゃ気づくことはできない巧妙な結界だ。

このレベルの結界を張れる生徒が学院にいただろうか？

そもそも、ここまでの結界を張っているのはなぜだ？

ちょっと見ないレベルでの結界。何か悪だくみでもしているのか？

そんなことを考えてしまうほど、この結界は精巧だ。

結界に察知されないように、自分の周りに結界を張り、結界を壊すのではなくすり抜ける。

相当手の込んだ結界だ。

中で何が……。

「……」

そこには踊り子がいた。

露出の激しいひらひらとした踊り子の服装。

明らかに客を魅了するための服装で、学院の生徒が着るようなものじゃない。

大胆とかそういう領域じゃない。

長い金髪をなびかせ、顔は薄い布で隠している。まさに踊り子。踊りも上手《うま》い。ただ、客を誘惑するような踊りじゃない。もっと上品だ。パーティーでの踊りに近い。

なんとか見様見真似《みようみまね》で踊り子の踊りを再現しようとしているんだろう。

育ちの良さが出てしまっている。

まぁ、学院の生徒は基本的に貴族が中心なわけだが、その中でも育ちが良いほうかもしれない。

なんだって、こんな子がこんなところで、こんな服装で踊っているんだ？

薄い布越しだが、相当な美人なのはわかる。

結界まで張って、踊りの練習？　いや、それにしても厳重すぎるし、なんだって貴族の令嬢が踊り子の真似を？

売り払われるとか、脅されているとか、そんなことを考えてしまう。

スタイルも抜群だし、そういう風に扱われるのはわかるが、わざわざ学院で練習するか？

この結界を張るのも楽じゃないだろう。

「やれやれ……」

小さく呟《つぶや》く。事情は人それぞれ。何をするのも自由だろう。

ただ、自主的に見回りをしている身からするとやめてほしい。

騒ぎはごめんだ。外部からの侵入を許す隙になりかねない。

とりあえず、どうしたものか。

考え込んでいると、ふと踊り子が俺のほうを振り向いた。

咄嗟《とっさ》に体を隠したが、俺の気配に気づいたようだ。ありえない話じゃない。

これほどの結界が張れる時点で、相当なやり手だ。とはいえ、驚きでもある。

学院の生徒にこれほどの使い手がいるとは。

ちょっと認識を改めないといけないかもしれない。

さすがに落第貴族がこの結界をすり抜けたなんて、バレるわけにはいかない。

今日は見逃すとするか。

静かに俺はその場をあとにするのだった。

3

翌日。

眠気を感じながら俺は起床した。というか、起床させられた。

「もうお昼ですよ？　お兄様」

肩口で灰色の髪を切りそろえた見目麗しい小柄な少女がそう言って、俺の制服を準備する。

レナ・ルヴェル。俺の一つ下の妹。よくできた妹で、兄としては自慢の妹だ。

「もうちょっと……寝たい……」

「さすがに寝すぎです。授業に出るかどうかは任せますから、起きてください」

優しいレナは、ため息を吐《つ》きながらそう言うと俺のほうに近づいてくる。

そして櫛《くし》で寝癖だらけの俺の髪を梳《す》いていく。

けど、焼石に水だ。くせ毛だし。

「よし。それでは私はもう行きますね。二度寝は駄目ですよ？　お兄様」

「わかったわかった……」

ジト目で釘《くぎ》を刺してきたレナに答えつつ、俺は伸びをする。

結局、昨日はあの踊り子が誰なのか突き止めることはできなかった。

わかっているのは金髪でスタイル抜群ってことくらい。育ちは良さそうだから、ある程度、上流階級出身の生徒を当たれば突き止められそうではある。

まぁ、突き止めたところで、ではあるんだが。

「なんであんなことをしていたのか、理由くらい知りたいところだなぁ」

毎晩、あんなところで踊られたらたまったもんじゃない。

いつ、俺の見回りに気づくかもわからないし。

どうにかやめさせたい。

「金髪、金髪ねぇ……」

呟きながら、ベッドの上で横になる。

そのまま眠気に任せて、俺は二度寝に入ったのだった。

■■■

起きたら、もう夕方だった。授業はもう終わっているだろう。

「……起きるか」

「こんな時間に起きる生徒はロイ君だけよ」

あまり抑揚のない、冷たい声。とはいえ、きついわけではない。

なんで、自室に俺以外の人間がいるのやら。

「おはよう、ユキナ」

「おはよう、ロイ君」

魔剣科を示す白い制服を着た黒髪の美少女が部屋にいた。

青い瞳はジッと俺を見つめている。

ユキナ・クロフォード。氷剣姫《ひようけんき》の異名を持つ魔剣科一の美少女だ。

なんで、そんな子が俺の部屋にいるかといえば、彼女が俺の秘密を一つ知ってしまったから。

「剣聖ともあろう人が、私が部屋に入ったことに気づかないのってどうなのかしら？」

「いつでも警戒してるわけじゃないよ。それに俺へ敵意があれば気づくし」

ユキナにそう答えつつ、俺は首を回す。

俺の秘密を知る者は少ない。ユキナは例外だ。見破った、という点では初かもしれない。

普通なら絶対見破れない。ボロは出てるだろうけど、そのボロを見つけることすら普通ならできない。

ユキナはそんな俺のボロを見つけられた人物だ。

天狼眼《シリウス・アーク》という特殊な魔眼にて、ユキナは俺と剣聖との共通点を見破った。

それ以来、ユキナは俺の弟子だ。不本意ながら。

「で？　何の用？」

「はぁ……やっぱり忘れてる」

呆《あき》れた様子でユキナはため息を吐いた。

はて？　なんか約束していただろうか。

「稽古をつけるって話ならちゃんと説明しただろ？　週一、休日のみ。それ以外は俺の気分次第だ」

「そうね、そういう話だったわね」

「じゃあ、何だよ……」

「私の試合があるから、見てって言ったの覚えてないかしら？」

「試合……試合……試合かぁ……」

あー、してた。約束。

少し不満そうな視線をユキナが向けてくる。

最初の頃はわからなかったユキナの変化も、今は気づくことができる。

表情に出ないだけで、意外にユキナは感情豊かだ。

不満なときは不満そうにするし、嬉《うれ》しいときは嬉しそうにする。わかりにくいだけだ。

なんて言い訳するかしばらく迷ったあげく、俺は頭を下げた。

「忘れてました……」

「素直でよろしい。それじゃあ準備して」

「はい……」

もう不満そうではない。素直に謝ったことで許してくれたらしい。

やはり人は素直が一番か。

ルヴェル男爵家の生き方とは正反対ではあるけれど。

■■■

制服に着替えたあと、部屋の外で待っていたユキナと合流し、俺たちは歩き出す。

試合が行われるのは稽古場。

「で？　相手は？」

「剣《けん》魔《ま》十傑《じっけつ》の第七席よ」

「入れ替え戦か」

〝剣魔十傑〟というのはグラスレイン学院独自の制度だ。

魔剣科・魔導科問わず成績優秀者、つまり強い奴《やつ》らだけが名を連ねることができるランク。席数は十。次代の剣聖・大賢者を担う可能性を秘めた新星たち。

ここに名を連ねることが学院の生徒の目標でもある。卒業後の進路にも関わってくるし、強くなることを目的としている以上、ここに興味がないって奴のほうが少ない。

そんな剣魔十傑には入れ替え戦がある。まぁ、下位が上位に勝負を挑めるのだ。勝てば順位が入れ替わる。ただし、負けたら下位は三か月の間、挑戦権を消失する。鍛え直せってことだ。

「大変だな、剣魔十傑も」

「ロイ君も本来なら剣魔十傑なのだけど？」

「あの先輩に勝ったとはいえ、別に剣魔十傑の称号を懸けたわけじゃないから」

俺が決闘で負かしたユキナの元婚約者であるティム・タウンゼットは、剣魔十傑の第六席。

本来なら俺はその席につくはずだ。ティムは俺に負けたのだから。

けれど、最初の条件に剣魔十傑の席を懸けることは入っていなかった。だから、俺はその席を要求したりはしなかった。

剣魔十傑はたしかに学院最強たちの集まりだ。けれど、それはあくまで学院の中での話。

剣聖であり、大賢者である俺はもっと先にいる。そして、そんなに暇じゃない。ユキナが入れ替え戦を申し込まれているように、俺が名を連ねたら入れ替え戦を申し込んでくる奴が出てくるのは目に見えている。

そんなのに付き合っている暇はない。

あとは、負けたのに席に座っているほうがティムのプライドが傷つくだろうっていう考えも少しあった。

だから俺は剣魔十傑ではない。

「今日は二試合あるわ。私の試合と、第一席の試合よ」

「第一席？　珍しいな」

剣魔十傑第一席。名実ともにグラスレイン学院最強の生徒。

生徒会長にして、魔導科のトップ。

ただ、あまり学院にいることはない。

学院の三年生は基本的に演習がメインになるから、学院の外にいることが多いというのと、それに加えて第一席は学院の生徒でありながら、皇国の最強戦力である十二天魔導《じゆうにてんまどう》の第十二位。

大公国内に出現する強力な魔物の討伐や、皇国での任務など、多忙なのだ。

おかげさまで前回の大公国侵攻の際には、第一席抜きで戦う羽目になった。もちろん、帝国からすればそれも計算通りだったんだろうけど。

「この前の侵攻があったから、なるべく学院にいるようにしてるらしいわ」

「賢い判断だな……しかし……」

俺は稽古場の近くで足を止めた。

なぜだか人が多い。多すぎる。

いくら剣魔十傑の試合とはいえ、人が集まりすぎじゃないだろうか？

俺とティムとの決闘のときより人がいる。

なんだ？　この騒ぎは。

「それじゃあ私は行ってくるわね」

出場者であるユキナは、別の場所へ向かう。それを見送り、俺はその場で立ち止まる。

「帰りてぇ……」

なんで、こんなに人がいるところで観戦しなきゃいけないのか。

約束は約束だ。ちゃんと見るけれど、わざわざ観客席で見なきゃだろうか？

遠巻きからじゃ駄目か？

駄目だろうな。ユキナならすぐにバレる。

それに試合を見て、悪いところを指摘しろってことだろうし。ちょっとは真面目に見ないとだ。

「はぁ……」

「ため息なんて吐いてると!!　幸せが逃げるんだよ!!」

背中を強く叩《たた》かれた。

声で誰かはわかっている。

振り向くと炎のように真っ赤な緋色《ひいろ》の髪が目に入った。

次に目に入ったのは人生楽しんでますっていう感じの天真爛漫《てんしんらんまん》な笑顔。

小柄なその少女の名はアネット・ソニエール。

魔導科の一年で、俺やユキナとは違い、黒い制服を身に着けている。

「やっ、ロイ君、元気〜？」

下から覗《のぞ》き込むようにしてアネットは挨拶してきた。

右手を小さく上げて、ひらひらと振る。

そんなアネットを見て、俺は肩を竦《すく》める。

「元気じゃないな」

「えー、どうして？」

「どうしてって……」

「こんなにいっぱい、人がいる中でユキナさんが試合するんだよ？　すっごいよね！　それに生徒会長さんも！　見所満点！　楽しく見なきゃ損だよ！」

「はぁ……」

人がいっぱいいることにテンションが上がる時点で、考え方が真逆だ。

相容《あいい》れない。

「ほら！　ため息吐かない！」

「はぁ……」

「ため息、き〜ん〜し〜」

「はぁ……」

「駄目だって！　もう！　行くよ！」

ため息をやめない俺の口を両手で塞ぐと、アネットは俺の手を引いて歩き始めたのだった。

4

俺とティムとの決闘のときのように、四角い舞台が中央に用意されている。

そこにいるのはユキナともう一人。

剣魔十傑《けんまじっけつ》の第七席。

二年の男子生徒だ。魔剣科の生徒だが、ユキナの敵じゃないな。

魔剣科と魔導科。アルビオス王国出身者とルテティア皇国出身者。

因縁のある二か国のため、二つの科は互いにライバル視している。

ただし、実力まで互角じゃない。

魔剣科の中で最上位の剣魔十傑は第三位のユキナだ。一年生のユキナが最上位にいるという事実からわかることだが、魔剣科は魔導科に比べて弱い。

理由は魔導科の三年が強すぎるから。

圧倒的な個に引っ張られて、現在の魔導科は歴代最強だ。

その圧倒的な個というのが生徒会長。

良い見本がいれば実力は上がる。その結果、魔導科全体の実力が底上げされた。

「どうしてユキナさんは魔剣化しないんだろう?」

試合とは関係ないことを考えていると、アネットの言葉に引き戻される。

試合は互角。なぜなら第七席が魔剣化しているのに、ユキナはしてないから。

魔剣化すればすぐに決着がつくだろう。

帝国の侵攻以来、ユキナの実力は一段上がった。実戦は人を成長させる。ギリギリの戦いならばなおさらだ。

それに頻繁というわけじゃないが、俺が稽古を見ている。

今更、第七席程度に苦戦するわけがない。というか、稽古相手にもならない。

だから、ユキナは魔剣化を封印して戦っている。

「まぁ……妥当なハンデか」

魔剣化は魔剣士にとって切り札だ。それを封じて、ようやく互角。

第七席の魔剣は風を生み出すタイプのようだ。

見えない風の刃《やいば》が剣の延長線上に存在するため、見切るのが難しい。

突風も生み出せるし、風の刃を飛ばすこともできるようだが。

「弱くもないけど、強くもないな」

普通。風の魔剣と聞いて、想像できる範囲の攻撃しかしていない。ユキナは簡単に対処している。

理不尽さが足りない。常識的な魔剣は所詮、ギミックのある剣でしかない。

ユキナは完全に間合いを見切ったようで、半透明の風の刃を弾《はじ》き始めた。

そうなったら終わりだ。ユキナが慣れる前に勝負を決めるべきだった。

魔剣化ができるのと、魔剣を使いこなせるというのとでは雲泥の差がある。

第七席は魔剣化ができるだけ。今のユキナにとってはつまらない相手だろう。

「うわぁぁ!! 行った!!」

ユキナが相手の攻撃をかいくぐり、懐に潜り込む。

俺の隣で座って観戦していたアネットが思わず腰を上げた。

第七席は咄嗟《とっさ》に突風を巻き起こして、ユキナと距離を取ろうとするが、ユキナは剣を一振りすることで、突風を斬り裂いた。

最後の手段が破られた。

終わりだな。

つまらない試合だった。そう思っていると、ユキナが突きの体勢に入った。

ただ、その突きはいつものユキナの突きじゃない。

「まったく……」

魔力を纏《まと》った突きが第七席に直撃して、舞台上から吹き飛ばした。

歓声があがる。

はたして、何人の者が気づいただろうか？

今のは間違いなく、俺が決闘のときに出した秘剣・灯火《ともしび》だ。ダメージを魔力に変換しているわけじゃないが、突きの仕方は完全にそれだった。

教えたわけじゃない。一度見ただけでパクったようだ。

大したもんだが、こんな大勢の前で出さないでほしい。

「勝った勝った!! さすがユキナさん!! 魔剣も使わずに勝ったよ!!」

「圧勝ではあるな」

舞台上。ユキナがチラリと俺のほうを見てきた。

そんなユキナに俺は肩を竦める。すると、ユキナも俺を真似《まね》て肩を竦めた。

思ったより相手にならなかったということだろう。

まぁ、相手は第七席。こんなもんだろう。

「いよいよ生徒会長さんだね! 十二天魔導《じゆうにてんまどう》の第十二位! 間近で見れるなんてラッキーだよ!」

「有名なのか?」

一応、質問してみる。

〝彼女〟に会ったことはある。けれど、一度だけ。十二天魔導へ加入したときに挨拶を受けた。

そのときに彼女の才能は理解した。同時に大賢者には向いていないということもわかった。

「有名だよ! 皇国で十二天魔導って言ったら、すごい人気なんだから! 特に生徒会長さん、エニス・エルランジュといったら、宰相の娘で皇王陛下の姪《めい》!! すっごい美人だし、皇国じゃアイドルみたいなものだよ!!」

「それはそれは」

十二天魔導は皇国の最強戦力だ。民の前に姿を現すのも仕事の一つではある。けれど、大賢者である俺はそういう仕事はしていない。

そんなことまでしている暇はないから。

代わりにほかの十二天魔導が民へのアピールを担当している。エニスもその一人なんだろう。

たしかに美人だったことは覚えているけど、それ以上に宰相のアピールが鬱陶しかったという印象が強い。どうにか大賢者にしたいんだろうけど。

「強い魔導師だからって大賢者に向いているわけじゃないんだよなぁ」

誰にも聞こえない声でそっと呟《つぶや》く。

呟くと同時にユキナが退場して、代わりに次の試合の生徒が出てきた。

「相手は……剣魔十傑第八席……怖いもん知らずもいたもんだな」

もう少し実力が近い者に挑めばいいものを。

まぁ、挑戦権は誰にでもある。挑戦されるのが鬱陶しいなら、さっさとすべて返り討ちにすればいい。そうすれば数か月は平和だ。

とはいえ、よく挑む気になったたな。

「生徒会長さんはあんまり学院にいないし、いい機会だと思ったんだよ、きっと」

「気持ちはわかるけどな。そうはいっても……」

無謀だ。

正直、試合だからという甘えが見える。

よっぽど対策をしなきゃ、格上に勝つのは難しい。そういうモノすらなく、いい機会だから第一席に挑戦しておくか、という気分なら舐《な》めていると言わざるを得ない。

相手は十二天魔導。皇国の最高戦力の一人に数えられ、いくつもの任務をこなしている。

学生身分だが、同時に軍人と言っても過言ではない。

実戦に臨む気持ちで挑まないと勝ち目はないし、痛い目をみるだろう。

「あっ！　出てきた!!」

歓声が一気に大きくなった。

出てきたのは金髪緑目の女子生徒。大人びた雰囲気を纏っており、お姉さんという言葉がよく似合う。それはきっと実力に裏打ちされた余裕があるから。

あまり背は高くない。百五十センチ後半くらいだろうか？

ハーフアップにした金髪は絹のように輝いていて、緑の瞳は澄んだ海を思わせる。

ただ、男子生徒の目を釘付《くぎづ》けにするのは黒い制服の上からでもわかるくらいの巨乳。

歩くたびにその豊満な胸が揺れる揺れる。わざと揺らしているんじゃないかと思うほどで、男子生徒たちはもっと近くで見ようとぐっと前のめりになる。

とにかくスタイルがいい。胸はでかいし、腰は細いし手足はすらりとしている。そのうえめちゃくちゃ美人だ。

魔剣科で一番の美人と言われるのがユキナなら、エニスは魔導科で一番の美人だ。

男子生徒からの人気はとんでもない。

本人も愛想よく笑顔で手を振っているから、なおさらだろう。

あれは他人から見た自分をよく把握している人間の行動だ。自分が美少女なのも自覚しているし、憧れの的であることも自覚している。

そのうえで反感を買わないように笑みを浮かべ、立ち回っている。

「うわぁ……美人だねぇ」

「そうだな」

「淡泊だね？　興味ないの？」

「ただの美人じゃなくて十二天魔導だからな。美人っていう要素より、どんな戦いをするのか？　ってほうが興味ある」

「ロイ君って美人よりそっちのほうに興味が出るタイプか……なるほど」

美人ならいくらでもいるが、十二天魔導は十二人しかいない。

エニスはたしかに美しいが、それよりも十二天魔導という付加価値のほうが上だ。

なにより。

「ほかの男子生徒見てると舞い上がる気になれないってのもある」

「たしかにみんな鼻の下伸ばしてるしね」

あれらと同類にはなりたくないし、されたくない。

とはいえ、舞い上がっているのは男子生徒だけじゃない。女子生徒も結構、舞い上がっている。

大人っぽい美人だし、女子生徒から見ても憧れなんだろう。

「さて、どうなるかな」

彼女の魔法は一度見ただけ。それだけで大賢者には向いていないと判断した。それから少し時間が経《た》っている。あれから成長しているかもしれない。

だとしても、向いていないという評価を変える気はないけれど。

「相手も魔導科だし、魔導師対魔導師だね」

アネットの言葉のあと、試合はすぐに開始された。

第八席は開始と同時に攻撃を仕掛ける。

炎と水。最速で二つの魔法が放たれる。

二種類の魔法による同時攻撃。まぁ、普通の魔導師相手なら有効な手だろう。

ある程度、満遍なく魔法を会得している魔導師でも、得意不得意はある。炎に全特化のアネットはその典型例みたいなものだ。

だから複数の魔法を使うことで、相手の弱点を攻めるのは間違いじゃない。

ただ、相手が悪い。

エニスは後出しにもかかわらず、二つの魔法を相殺した。炎には水を、水には炎をぶつけて。

まさか相殺されると思ってなかった第八席は驚き、動きを一瞬止めてしまう。

その瞬間、地属性の魔法によって生み出された植物が第八席の足を拘束する。

第八席は後手に回ってはまずいと悟り、植物への対処を放置してエニスへ腕を向ける。攻撃する気なのだ。

けれど、エニスの放った突風が第八席の腹部に命中する。

感覚としてはしっかりと殴られた程度の衝撃はあったはず。けれど、第八席はそれでも魔法を発動させようとする。

だが、すでに決着はついている。

エニスの発動した雷の魔法が第八席の頭上から降ってきたからだ。

電撃を浴びた第八席はその場で倒れ、教師たちが舞台に上がっていく。

威力調整を間違えるとは思えないし、ちょっと気絶しただけだろう。

決着がつき、会場は大歓声に包まれた。

エニスは結局、一歩も動かず完勝したのだった。

「炎と水、風に地に雷……」

「全属性を扱える魔導師ってのはたまにいるらしいけど、あれだけレベル高く使いこなせるのは稀《まれ》だろうな。さすが十二天魔導ってところか」

エニスはあらゆる属性を使いこなせる万能魔導師。魔法の相性でエニスに勝負を仕掛けるのは無意味だ。弱点は存在しない。

ただ、それはエニスの才能の片鱗《へんりん》でしかない。

エニスの最も特筆すべき才能は、その魔力コントロール。一切の無駄なく、エニスは魔法を行使できる。

そのため、エニスは極端に少ない魔力消費で魔法を行使できるわけだ。その消費量は通常の魔導師の十分の一程度。

さらにその魔力コントロールは魔力消費だけでなく、魔法操作にも応用されており、ほかを圧倒する精密さを持っている。

技術という面でエニスに対抗できる魔導師はほぼいないだろう。魔導師としては完成されている。

「すごい!! 将来の大賢者って言われるだけはあるね!」

「まぁ、そうだな」

空返事をしながら、俺は席を立つ。

王家の血を引く大賢者。それは長く待ち望まれた存在だ。

幼い頃からその期待を一身に受けてきたんだろう。複数の魔法を苦もなく使えるのは、才能もあるだろうが、努力の賜物《たまもの》だ。

血のにじむような努力の果てに、今のエニスがいる。天才と言われているが、その強さを支えるのが技術である以上、本人の研鑽《けんさん》こそが強さの秘密だ。

だから可哀想《かわいそう》ではある。

彼女は完成された魔導師であり、あらゆる面で一流。

ゆえにこそ、大賢者には向いていない。もちろんなれないとは言わない。ただ、向いてはい

ない。

エニスの魔力総量は一般の魔導師より少し多い程度。圧倒的な魔力効率があるため、魔力切れとは縁がないが、それでも大魔法を使うのには心もとない。

大賢者というのは皇国の柱石。一対一ではなく、一対多を強いられる。求められるのは圧倒的な破壊力。

エニスは強力、かつ万能な魔導師だ。けれど、一軍を相手に戦えるほどの破壊力はない。

だから向いていない。

大賢者に求められるのは盤面上で駒を上手《じょうず》に動かせる能力ではなく、盤面をひっくり返してしまう力だ。

大賢者をサポートするという点では優秀だろうが、大賢者になるのは向いていない。

それが俺の評価であり、それは揺るがない。

自分の資質とは合わない地位を周囲から求められているのは、さぞやストレスだろうな。

まぁ、それを感じさせず、努力を続けられるんだ。大したもんだ。

アネットと共に会場を出ながら、俺はエニスに敬意を表した。

そして気づく。

「金髪……？」

5

夜。

見回りのために俺はまた外にいた。

場所は稽古場の裏。

昨日よりもさらに巧妙で精巧な結界が張られていた。

見えないけれど、入らせない。

これはよっぽど魔力コントロールに優れていないと作れない。ギリギリを攻めているから、ちょっとでもミスったら機能しない。

こんなことをできる生徒は一人しかいない。いないけれど。

「いや、いやいや……いくらなんでもそんなわけ……」

実は俺みたいに実力を隠している生徒がいるという可能性もある。

確認するまでわからない。決めつけは駄目だ。

そう心を落ち着かせ、俺は結界をすり抜けて、結界内にいるだろう人物を確認する。

長い金髪に豊満な胸、それに反して細い腰。

昨日も刺激的な格好だったが、今日は一段と刺激的だ。

バニーガールというんだっけか？

黒い耳に黒いバニースーツ。体の線は丸わかりだし、あちこちに食い込んでいて目のやり場に困る。

父上ならこれを見て、目が洗われるとか言うんだろうか？

とても俺には言う勇気も元気もない。

今日は顔が隠されていないから、誰かすぐにわかった。

金髪に緑の瞳。ルテティア皇国の王家特有の特徴。さらに目を惹《ひ》く美貌。

間違いない、ここにいるのはエニス・エルランジュだ。

だが、なぜこんな露出狂みたいなことを？

わからない。いろいろとわからない。

結界を張っているということは、危ういことという発想はまだあるんだろう。

「緊張しちゃった……」

澄んだ可愛《かわい》らしい声が耳に届く。聞いているだけなら癒やされるかもしれない。

状況がこんなんじゃなければ。

「みんな……見てたなぁ……」

そう言ってエニスは胸に手を当てる。

そりゃあ男なら見るだろう。目で追うなと言うほうが無理だ。

目で追うだけなら俺だってそうしてしまった。

だが。

「さすがに……ノーブラはやりすぎだったかな……」

何を言っているんだ？　この女は。

目を見開き、俺は驚愕《きょうがく》の表情を浮かべる。

いつの話だなんてわかりきっている。今日の試合の話だ。

やけに揺れるな、と思っていた。けれど、ブラをしていないなんて、誰も想像していないだろう。

なにせエニスは生徒会長で、剣魔十傑《けんまじっけつ》の第一席で、十二天魔導《じゅうにてんまどう》の第十二位で、宰相の娘で、王の姪《めい》だ。

それが多数の生徒や教師が見守る試合で、ノーブラ？

頭が痛い。駄目だ。これは放置したらまずい。

この事実だけでも大問題だ。変な奴《やつ》にバレたらどうするつもりなんだ？　脅されることもあるだろう。問題が宰相に波及することもあるだろう。

そんなことがわからないエニスじゃないだろうに。

「でも……すっきりしたぁ」

清々《すがすが》しい表情をエニスが浮かべる。

その表情には少し共感できる部分があった。

俺が風景画を描くとき。そのときに似ている。

剣聖だとか、大賢者だとか、帝国だとか。諸々《もろもろ》の問題を忘れて、好きなことに夢中になっているとき。

その瞬間が一番ストレス発散になる。

エニスにとってはそれがこういう露出なのかもしれない。

他人からの過剰な期待はストレスを招く。涼しい顔で生徒会長をしているように見えて、内面はストレスでおかしくなりそうだったのかもしれない。

だとしても、だ。

これはまずい。

「それにしても……この衣装って卑猥《ひわい》すぎない？　胸もお尻もだいぶ……」

恥ずかしそうにしながら、エニスは自分の服装を見つめる。

こんなところで着ておいて、そんなことを言わないでほしい。

恥ずかしいという感覚は残っているらしい。なら大丈夫だろう。

優等生の火遊びだ。

俺以外に見つかったら大火傷《おおやけど》だっただろうが、俺なら軽い火傷で済ませられる。

「こんなの着ているところを誰かに見られたら……昨日も人の気配があったし……」

「そう思うなら自重していただけますか？」

「ひゃぁぁぁぁぁぁ!?!?」

物陰から俺は声をかける。

悲鳴をあげてエニスは飛び上がると、瞬時に傍《そば》にあったコートを羽織った。

周囲を警戒する目は本気だ。おそらく戦闘時並みに警戒度が上がっている。

だから、長居は無用。

「これに懲りたら、露出趣味は控えてくださいよ。男に襲われても文句言えませんよ」

それだけ伝えると、俺はさっさとその場を離れる。

バレた、という事実を突きつける。そうなれば嫌でも控えないといけないだろう。

元々、良家のお嬢様で、貞淑に育てられているはずだ。

このショックでしばらく活動は控えるはず。その間に別のストレス発散方法を探してもらおう。

こんなの帝国の間者にバレたら、いいように利用されてしまう。

奴らは今でこそそれなりに大人しいが、大公国の攻略を諦めてはいない。

大兵力での攻略作戦が上手《うま》くいかなかったなら、次はやり方を変えてくるはず。

その場合、あるのは搦め手《からめて》。エニスの露出趣味なんて、そのきっかけには有効すぎる。

公表するだけでもエニスを学院から離れさせられるからだ。

もっとまずいのは、これを皇国での政争に利用されること。今、宰相が権力争いに負けたら皇国という船は沈む。

それは避けないといけない。

「悪いけど、火遊びは終わりだ」

いつも通り、今まで通り。

優秀な生徒会長に戻ってもらおう。

少し、心が痛む。これが彼女の逃げ道ならば。俺は彼女の逃げ道を潰したことになる。

とはいえ、寄り添うのは難しい。ほかのストレス発散方法を見つけてもらうしかない。

できることと言えば、宰相に釘《くぎ》を刺すくらいか。

宰相は大きな期待をエニスに懸けているだろうし、それが少し弱まればエニスのストレスも軽減されるだろう。

時期を見て言うとしよう。彼女が壊れないように。

息抜きがなければ人は壊れてしまう。

父上も言っていた。遊びがなければ駄目だ、と。

俺にとって学院の無駄な時間が遊びであるように、エニスにも遊びが必要だ。ただ、やり方に問題がある。

「宰相には世話になってるしな。変な男に見つからなくてよかった」

大事にならずに済んだことにホッとしつつ、俺は部屋へ戻ったのだった。

6

次の日の早朝。

俺はアルビオス王国と帝国との国境にいた。

一月前の大公国への侵攻以来、帝国軍は目立った動きを見せていなかった。

その帝国軍が動き出したのだ。

「帝国への五つの斥候部隊が壊滅させられたって聞いたから、どんな大軍かと思ったら……」

帝国の大敗北は王国上層部にとってはあまり嬉《うれ》しくない出来事だった。

王国には剣聖の力をもって、帝国に侵攻を仕掛けるべきという考えを持つ者たちがいる。

帝国の国力を考えれば、王国単体での侵攻が成功することはない。いずれ力尽きて、反撃を食らう。それを国王がわかっているから、今まではそういう考えは抑えられてきた。

けれど、今回の大敗北は彼らの意見にとって追い風となった。

強気な意見を退けられなくなった国王は、仕方なく多数の斥候部隊を出すことにした。

これまでは基本的に専守防衛。そんな王国が国境の向こうに斥候部隊を出したのだ。

敵の発見を第一に監視をしていた国が、様子見とはいえ敵国に偵察を出す。それは大きな進歩だろう。

この小さなきっかけを足掛かりにして、これから帝国への侵攻を始める。

王国の貴族の一部はそう考えていたようだが、帝国も馬鹿じゃない。動きを見せれば対応してくる。

「魔導人形か」

白の剣聖クラウド。その俺の前に現れたのは十体の鎧《よろい》人形。

身長は三メートル弱。大剣と大きな盾を装備している。

中に人はいない。魔法によって遠隔操作されている。

遠隔操作前提で製作されたこういう鎧人形を、〝魔導人形〟と呼ぶ。

とはいえ、遠隔操作の魔法は高難度だ。扱える者が少ない魔法のために、わざわざこんなものを作るより、性能のよい鎧を作ったほうが効率的だ。

けれど、最近、帝国では魔導人形の研究が飛躍的に進んでいる。

その理由は。

「親衛隊の〝人形遣い〟か」

遠隔操作魔法のエキスパート。

軍隊規模の魔導人形を操り、一人で国を落とせる怪物。

帝国軍が立て直しに入ったため、動き出したか。

「ちょろちょろと動く斥候部隊を潰すのが目的か」

帝国としても今の時期に王国が攻め込んでくるのは面倒くさい。

だから斥候部隊を壊滅させて、王国に力を見せつけたんだろう。

左右の腰から剣を引き抜き、俺は魔導人形の部隊へ突撃する。

隊列を組み、俺の突撃に対応する姿は、帝国の精鋭部隊を思わせる。

「どれほどの性能なのか、見せてもらおう」

剣を振るって、両断を試みる。だが、俺の剣は盾によって受け止められた。

上質な素材で作られた盾。それだけなら両断できる。それを巧みに操る魔導人形が両断できない要因だ。

魔導人形のくせに技術を見せてきたか。上手く力を逃がして、俺の攻撃を受けきるなんてなかなかできることじゃない。

斥候部隊が壊滅するわけだ。

「歴戦の猛者《もさ》と変わらない動きをする高性能の魔導人形か」

人間とは違い、硬い外装を持ち、怪我《けが》もしない。無理のある動きだってできる。

厄介極まりない相手だ。

このレベルの魔導人形を十体も操るのか。

しかも、どうせ本気でもない。

親衛隊にとって斥候部隊の排除なんて、片手間に終わらせられる仕事だ。

「とはいえ、このくらいか」

硬さは覚えた。

魔導人形の力量も。

だから、俺はさきほどより力を込めて剣を振るう。すると、同じように魔導人形が盾で防御する。

その盾ごと、今度は両断した。

さすがにこれには対応できないか。だが、いちいち力業で斬るのも面倒だ。

「遠隔操作魔法ってことなら仕掛けがあるはず」

剣で攻撃してくる魔導人形。それを跳んで避《よ》けると、俺は魔導人形の肩に着地した。

そして人間の鎖骨部分あたりに剣を差し込む。

人間の動きを再現しようとすると、どうしても構造上弱くなる部分。

そこにスルリと剣が入り、胴体部分に配置されていた動力源を破壊する。

いくら人形遣いが強力な遠隔操作魔法の使い手だとしても、動かす魔導人形をすべて自分の魔力で動かしていたらキリがない。

だから、各魔導人形には動力源となる〝核〟が備わっている。

それが破壊されたことで、魔導人形は動きを停止した。

糸の切れたマリオネットのようだ。

弱点はわかった。あとは単純作業。

攻撃を避けて、核を破壊していく。もちろん向こうも対策してくるが、速度でも力でも俺のほうが上な以上、防ぎきることはできない。

すべての魔導人形の核を破壊すると、俺は動かなくなった魔導人形を見つめる。

「魔力を感じる。オレを不意打ちする気なら諦めるんだな。人形遣い」

俺がそう言うと、一体の魔導人形が動き出した。

核はあくまで負担を軽減するためのもの。その気になれば核なんてなくても操れるだろうとは思っていた。

だから、気を抜いたりはしない。

さきほどとは動きがまるで違う。人形遣いが一体の魔導人形を動かすことだけに集中しているんだろう。

鋭い攻撃。それを避けながら、左右の剣を振るう。さきほど魔導人形を両断した攻撃よりも強力な一撃。

それを剣と盾を使って、魔導人形を受けきった。

強い。

だが、性能限界だ。

「その魔導人形じゃ本気を出せないようだな」

さきほどと同じレベルの攻撃。それを四回連続で放つ。

三回目までの攻撃はなんとか受けきったが、四回目は防ぎきれず、盾を持っていた左腕が宙に舞う。

そのまま俺は何もないはずの魔導人形の頭上を斬った。

すると、魔導人形は再度、崩れ去った。

俺が斬ったのは魔導人形を操る人形遣いの遠隔操作魔法。

視認するのはほぼ不可能な魔力の糸だ。それを斬った。

よっぽど魔導人形を両断するほうが楽だが、あえてそうしてみせた。

これで俺と相性が悪いと思ってくれるだろう。

しばらく動くことを控えてくれると嬉しい。

斥候部隊の壊滅で王国の貴族たちは大人しくなるだろうし、皇国もこの騒動を知って、帝国はいまだ健在であるということを自覚するだろう。

三国同盟は防衛に回っているから存続できているんであって、帝国へ安易に侵攻したらそれは崩れ去る。

まだまだ帝国の力を削《そ》ぎきれていない。攻める時期じゃない。

大公国への侵攻からまだ一月。帝国も混乱しているが、三国も混乱している。

今は落ち着きたい。

ただ、相手は戦ばかりの帝国皇帝。

こちらが落ち着きたいと思っていることを見越して、親衛隊を送り込んでくる可能性もある。

そうなったら、多少の犠牲は覚悟しなくちゃだろうな。

俺の周りに犠牲は出させないけれど。

そう思いながら、俺は踵《きびす》を返して帰路についたのだった。

7

「昨日はお疲れ様」

「ありがとう、ロイ君」

剣聖として出撃した日の放課後。

昼頃からいつものように授業に出た俺は、ユキナと共に学院内を歩いていた。

「とはいっても、申し訳ないけれど稽古にもならなかったわ」

「君の実力が上がったってことだな」

「師匠が良いからかしら？」

「そんなすぐに効果は出ない。そもそも君に教えているのは基礎的なことじゃなくて、応用的な部分だ。昨日の試合はそういう部分が出るまでもなく終わったよ」

「最後の突きはどうだった？　個人的には……会心の出来だったわ」

こちらを窺《うかが》うようにユキナがそんなことを言ってきた。なんとかして俺にコメントさせたいようだ。

「……良い突きだったよ。非常に良い……パクリだ」

「最高の褒め言葉ね。再現度はなかなかだったと自負してるもの」

「わざわざ再現しなくても……」

突きの動きを完全再現したからって、強くなれるわけじゃない。

けれど、ユキナはそこに力を割いた。剣聖になりたいと少し焦っていた頃よりは、少し余裕ができた証拠だろう。

まぁ、時間制限もなくなったし、その余裕を嗜《たしな》める必要もないだろう。

「次の稽古が楽しみ」

「魔剣の稽古がそんなに楽しいか？」

「もちろん。魔剣について深く教えてもらえることなんて、滅多《めった》にないわ。それほどの魔剣使いは基本、前線だもの」

「それもそうか」

この学院の教師は優秀だ。けれど、魔剣化というのは魔剣士の最終奥義。けれど、魔剣化ができた程度では、まだまだ本領を発揮したとはいえない。

より深く学ぶ必要がある。だが、その領域に足を踏み入れた教師はこの学院にはいない。

魔剣化が習得できたら、自己研鑽《けんさん》になってしまうわけだ。

それが悪いわけじゃない。自己研鑽で強くなる奴《やつ》もいる。とはいえ、成長速度は変わってくる。

「必要ないだろうけど、一応忠告しておく。魔剣化はあくまで手段。剣士としての基礎を疎《おろそ》かにするなよ？」

「わかっているわ。基礎的な稽古は毎日やってるわよ」

ユキナを剣聖に育て上げるなら、みっちり毎日稽古を見る必要がある。けど、今の俺にそんな余裕はない。だから、普段のユキナは自主練だ。

効率は落ちるが、真面目なユキナは基礎的な稽古も怠らない。

「夢にまで見た剣聖に教えてもらえているんだもの。手なんか抜かないわ。絶対に」

そう言ってユキナはフッと笑った。

思わず見惚《みと》れそうな笑顔だ。

普段は表情が変わらないから、こういうふとしたときの表情の変化にはドキッとする。

それを悟られたくなくて、咳払《せきばら》いをして先を急ぐ。

だが、それがまずかった。

「なぁなぁ、ユキナちゃんって可愛《かわい》いよなぁ。昨日の試合見て、余計好きなったわ。あの冷たい感じ……いいなぁ」

「けど、魔剣科だぞ？　話しかけづらいだろ？」

「近づきがたいのがいいんだよ、わかってないな」

「俺はああいう子は無理だな。それよりアネットちゃんはどうだ？　あのニコニコ顔見てるだけで癒やされるってもんだ。それに胸もあるしな、ユキナちゃんより。バイトしてるとこ、ちょいちょい顔出しちゃうんだよ、最近。可愛いし、愛想いいからさ」

「うわぁ、良いところ突くなぁ。アネットちゃんもいいよな。子供っぽいんだけど、それがいいよな。でも、ユキナちゃんだなぁ」

「いやいや、笑わせるなって。魔導科なら一択だろ？　もちろんエニス先輩よ。あの顔、そしてあの胸！　試合見たか？　あの揺れ！」

「そりゃあ一番はエニス先輩だぜ？　ユキナちゃん並みに美人で、アネットちゃんより胸でかいしな。けど、話しかけられるか？」

「高嶺《たかね》の花《はな》すぎるんだよなぁ」

「生徒会長で、剣魔十傑《けんまじっけつ》第一席で、十二天魔導《じゅうにてんまどう》第十二位で、宰相閣下の娘で、皇王陛下の姪《めい》だぜ？　肩書だけでも盛りすぎ。さらにあの外見。在学中にお近づきになれねぇかなぁ」

「無理だろ……けど、この前、階段登ってるエニス先輩見つけてさ！　おっ⁉　って思って、下から覗《のぞ》いたんだよ！」

「おいおい、まじかよ」

「あとちょっとだった。まじであとちょっとだった。めっちゃ綺麗《きれい》な美脚だけは拝めた。ちょっとエニス先輩ってガード緩いんだよな。胸元とか開いてるときあるし」

「そうなんだよ！　あの無自覚のエロさ！　それがいい‼」

こっちに気づいていない魔導科の男子生徒三人。

男子特有の話題といえば話題だ。誰が可愛いなんて、学生なら誰でも話す話題だろう。けど、その話題に上っている女子と聞くとなると、話は別だ。

めちゃくちゃ冷たい雰囲気をユキナが醸し出して、軽蔑の目線を男子生徒たちに投げかける。

話に夢中になっていた男子生徒たちは、ふと俺たちのほうを振り返り、そしてユキナの氷のような視線に気がついて足を止める。

そのまま男子生徒たちは視線をあちこちに彷徨《さまよ》わせながら、明後日のほうに足を進め始めた。

「や、やっぱりこの学院にいる以上、誰が可愛いとかより、魔法に集中するべきだよな！」

「そうだな！」

「図書室に行くか！　たまには！」

「そうしよう！　そうしよう！」

逃げたな。

男子生徒たちがそそくさと立ち去るのを見ながら、ユキナは少し不機嫌そうに歩き出す。

「……怒ってる？」

「……気分は悪いわ」

「まぁ、男特有の話題っていうか……」

「そんなに小さくないわ。標準よ」

あ、そっちか。フォローしづらいな、そっちは。

たしかにアネットとかエニスと比べるとユキナの胸は慎《つつ》ましいだろうけど。

標準……標準か。

「男の人っていつもああいうこと考えてるの？」

「いつも考えてる奴のほうが稀《まれ》だと思うけど……」

「たまには考えるのね？　ロイ君も」

「いや、俺は……」

言葉に詰まる。

レナと育ったせいか、俺はほかの男と比べて美人に興味が薄い。

それに美人なだけならいくらでも見てきた。大賢者としても、剣聖としても。

だから耐性がある。

とはいえ、ここで興味ないと言ったら怒りに油を注ぎそうだ。

「……たまには考えます」

「……前歩いて」

少し複雑そうな表情を浮かべながら、ユキナがそう言ってきた。

なぜなのかと思ったが、そこが上り階段だったからだった。

「いや、あのね？　覗かないよ？」

「いいから、先に行って」

「はぁ……」

スカートを押さえるユキナの顔は少し赤い。あの会話のあとに階段を先に上るのは嫌らしい。

なんてことだ。よく知らん奴のせいで、俺まで変な目で見られた。

まぁ、ヒラヒラ揺れるスカートを見ると、目が追ってしまうのは否定できない。男だもの。

ここで口に出したら、大惨事だから言わないけれど。

■■■

部屋に戻った俺は、レナからの置き手紙を見つけた。

学院の城下町、アンダーテイルで食材を買ってきてほしいという手紙だった。

夕食を作ってもらっている立場で、断れるはずもなく、俺は財布を持って部屋を出る。

そしてダラダラと歩いていると。

「見て、エニス先輩よ」

「珍しいね」

正門の前。アンダーテイルに向かう生徒が多くいる中で、エニスが歩いていた。

何人かの友人と一緒だ。

何か用事があるのだろうか？

まぁエニスも遊びにくらい行くか、と思っていると。

突然、風が吹いた。

いたずらな風。

それはエニスのスカートをフワリと浮かす。

咄嗟《とっさ》にエニスがスカートを押さえたため、周りの視線は全部エニスへと向かった。

ほかの女生徒のスカートも浮いていたが、エニスが一番被害を受けていた。

あわや、見えそうだった。

ギリギリのライン。男子生徒たちは少し残念そうにしているし、周りの女子生徒たちは慌てている。

照れくさそうにエニスは友達と笑っているが、俺にはわかっている。

今の風はエニスが起こした魔法だ。上手《うま》く調整して、いたずら風に見せかけた。

突然のハプニングを演出して、周りの反応を楽しんでいるのだ。

懲りてない。夜の露出が駄目だから、放課後におかしなことをやり始めた。

ふと、エニスと視線が合った。そしてエニスは少し驚いたように目を開く。

俺がほかの男子生徒とは違って、咎《とが》めるような視線を向けていたからだろう。

すぐに俺は人込みに紛れてその場をあとにする。

やれやれ。これは放置できないな。このままエスカレートさせるわけにもいかない。

面倒だが、しっかりと注意するしかなさそうだ。

8

夜。

俺はエニスの定位置である稽古場の裏に来ていた。だが、そこにエニスの姿はなかった。

さすがに声をかけられたことで、まずいと判断したんだろう。

だけど。

「やめたとは考えづらいな」

放課後の行動を考えれば、彼女は周囲の反応を楽しみつつ、スリルも楽しんでいる。

優等生あるあるだ。ルールを破る、駄目なことをやる。今まで、そういう経験がないから楽しいのだ。

これまでの反動。だからやめたとは思えない。

だから、周囲に目を移す。

結界の反応はない。俺に悟らせない結界を作るのは無理だ。

となると、結界を作っていないということだ。

「どんどんエスカレートしているな」

いよいよ結界という命綱まで手放したか。

結界があるから大丈夫という安心感を捨てた以上、それなりに過激なことをしているはず。

けれど、学院内に気配は感じない。

「……露出癖のある美人を気配で探るって……俺が見つけたいみたいじゃないか」

止めたいだけなのに。まるで俺が変態だ。

なんで俺がこんなことをしなくちゃいけないのやら。

「これも学院を、ひいては自分の周りを守るためだ。集中しろ、俺」

萎えそうな自分を奮い立たせ、俺は視線を学院の外の森へ向けた。

よくアネットが稽古をしていた森には気配がない。あそこは危険じゃないから立ち入り禁止ではない。

性格的なことを考えると。

「立ち入り禁止の場所のほうがいそうだな」

学院近くの森には立ち入り禁止の場所がある。魔物が出現するからだ。

そこに人の気配があった。ありえないことだ。

こんな時間に、そんな場所に。

人がいることはありえない。

「危ないことばかりするな、彼女は」

文句を言いつつ、俺はそちらへ向かって移動した。

■■■

森の中。

水場があった。

そこにエニスはいた。

裸で。

水場で泳いでいた。結構、機嫌よさそうに。

思わず足を止めて、頭を抱えてしまう。

水浴びが目的ということはないだろう。立ち入り禁止の森の中で、裸で泳いでいるという背徳感を味わいに来たのだ。

人に見られているかも、見られるかも、というスリルは味わえないが、また違った感覚があるんだろう。

勘弁してくれ。ここは立ち入り禁止の森だぞ？

機嫌よく泳ぐエニスの周りには複数の魔物の気配。

エニスも気づいているんだろう。いつでも魔法を放てる準備をしている。

そのときは来た。狐《きつね》型の魔物が三体現れ、エニスを囲う。

だが、エニスは水の魔法で三体を撃退した。元々、準備していたわけだし、十二天魔導第《じゅうにてんまどう》十二位のエニスが対応できない魔物じゃない。

ただ、詰めが甘い。状況のせいで、魔物の襲撃を撃退したことに満足してしまっている。

魔物たちはまだ健在であり、しかし、エニスに勝てないことがわかってしまった。

だから、せめてもの嫌がらせなのか、それとも利用価値があると思ったのか。

綺麗に畳まれていたエニスの制服をくわえて、その場を去ってしまう。

「まっ！　待って！　それは駄目ぇぇぇぇ!!」

パニックになってエニスは水場から上がろうとする。

だが、その前に俺が魔物を弾《はじ》き飛ばした。斬らなかったのは、エニスの制服が汚れるのを防ぐため。

新手を見て、魔物たちは退却していく。

俺はエニスの制服を拾うと、呆《あき》れたように呟《つぶや》いた。

「とりあえず……服、着てもらえます？」

「き」

「はぁ」

体を隠し、エニスが水場でしゃがむ。

魔物が寄ってきても困るので、俺は結界を張った。

そして。

「きゃぁぁぁぁぁぁぁっっっ⁉⁉⁉⁉」

耳を押さえて、エニスの悲鳴を遮断する。

ひとしきり叫んだあと、エニスは動揺しまくった様子で声を出す。

「な、な、なんで……⁉」

「説明の前に服を」

「私を追ってきたの⁉　あなた、この前の声の人⁉　わざわざこんなところまで……⁉」

「まぁ、そうですね」

「わ、私に……な、な、なにをする気なの⁉⁉」

盛大な勘違い。

とはいえ、勘違いされても仕方ない。

秘密の露出癖。それを暴いたあげく、こんなところまで追ってきたら疑われるだろう。

気持ちはわかる。非常に心外だが。

「なにもしませんよ。制服置いておきますから、着てもらえます？」

「待って待って待ってぇぇ‼‼」

慌てた様子でエニスが俺に待ったをかける。だが、待っていても状況は変わらない。

俺が持っているエニスの制服は上着とスカート。それをほかの衣服がある場所に置く。

当然ながら、そこには丁寧に畳まれたほかの衣服やタオルもあって。

育ちの良さがこういうところから見えてくる。それとは別に淡い緑色の下着も視界に入ってしまう。だけど。

「裸で泳いでいるのに、下着くらいで騒がないでもらえますか？」

「あっ、あっ、あっ……」

エニスは恥ずかしさから顔を真っ赤にして、目に涙を浮かべている。

恥ずかしいならやめればいいのに、というのは禁句だろう。

動揺と恥ずかしさから、このままだとエニスが気絶しかねない。それくらいエニスはパニック状態だ。

落ち着く時間が必要だろう。

俺はそこらへんの木を何本か斬ると、それを板に加工する。

そのままそれらを並べて、魔法で固定させた。

簡易の更衣室だ。

「離れているんで、着替えてください」

「……覗《のぞ》かない？」

「ここまでして覗くわけないでしょ？」

呆れながら俺はエニスに背を向けた。

水場から上がった音が聞こえる。たぶん恐る恐る。

その後、衣擦《きぬず》れの音が聞こえてきた。ちゃんと着替えてくれたらしい。

この場に留《とど》まられても困るから、素直で助かる。

「お、終わったわ……」

制服を着たエニスが声をかけてきた。振り返るとそこにはしっかりと制服を着たエニスがいた。

まだ髪は濡《ぬ》れている。

「それじゃあ帰りますよ」

「あなた……何者？」

「その前に帰りますよ」

ここは森の中。喋《しゃべ》るには向いていない。

ただ、エニスはまだ俺を警戒している。

迷子の子供のような雰囲気で、見知らぬ俺についていっていいのか迷っている。そんな感じだ。

警戒するのはいいことだ。美人はいろいろと狙われやすいし。けど、その警戒は今ではなくて、もっと前にするべきだろう。

「ひ、一人で帰れるわ……」

「知ってます。けど、送っていきます」

エニスの強さは知っている。魔物がいくら襲ってきても大丈夫だろう。

けれど、だからといって一人で帰すわけにはいかない。

「信用できないのはわかりますけど、女の子に夜道を一人で歩かせるわけにもいかないので」

「……今更紳士気取り？　ストーカーなのに」

「弁解は今度にしておきます」

頰《ほお》を引きつらせつつ、俺はエニスに右手を差し出した。

それは癖みたいなものだ。

レナにする感覚で、ついしてしまった。エニスのほうが年上だが、どうしてか手を引いてあげないといけないと思わせる危うさがあったから。

その右手を見て、エニスは何度か目を瞬かせる。

そしておずおずと自分の左手を差し出した。

「門には門番がいると思いますけど、どうやって出たんです？」

「……魔法で壁を飛び越えて」

「よくバレなかったですね……」

結界のときよりもよほどバレやすい。教師たちにバレたら大変だろう。

「だって……君が私の邪魔するから……」

非難するようにエニスが俺を軽く睨《にら》む。

俺のせいかよ……。

「人にバレたら大変だから忠告しただけですよ。ストレス発散は結構ですけど、控えないと火傷《やけど》じゃ済まないですよ？」

「君に……関係ないでしょ？」

不貞腐《ふてくさ》れたようにエニスはそっぽを向く。ただ、足は止めない。

しばらく無言で歩き続け、学院の近くまでやってきた。

「バレないように入らないと……」

「中から出るのと、外から入るのじゃ難易度が違いますよ」

魔法で壁を飛び越えたら間違いなくバレる。なぜなら警備の目は外に向いているから。

いくらエニスがバレないようにしても、さすがに感づかれる。無事、寮に戻ったとしても、報告が入るはずだ。そうすると夜間の警備はより厳しくなる。

そうなると俺の活動にも支障が出る。

だから。

「失礼しますよ」

「きゃっ!?」

「声出さないで」

エニスの肩を抱き、そのまま空いている手を両膝の裏に回す。

いわゆるお姫様だっこをすると、俺はそのまま垂直に飛んだ。

高く、高く。

「えっ……？」

「悲鳴禁止ですよ」

「えぇぇぇぇぇ!?!?」

俺の声が聞こえていないのか、エニスはいきなり高高度に達したことに驚いている。

けれど、これが一番なのだ。

空からの侵入については警戒が薄い。まさか真上から降ってくるなんて、誰も思わない。

エニスは俺に夢中で抱きつき、目を瞑《つぶ》って降下に耐える。

「よっと」

着地すると、俺はエニスに目をやる。

エニスはまだ俺に抱きついたままだった。

「着きましたよ」

「うっ……」

ゆっくりと目を開けたエニスを確認し、そっと足を地面に下ろす。

ちょっとふらつくエニスの肩を支えつつ、俺は周囲を確認する。

バレてない。とりあえず問題はないだろう。

「それじゃあ髪を乾かして寝てくださいね」

そう言うと俺はエニスに背を向ける。

そんな俺にエニスは声をかけてきた。

「ま、待って!」

「俺はロイ・ルヴェル。話は落ち着いたらしましょう。今日はゆっくり寝てください」
こんなところでエニスと喋っているのを誰かに見られたら、逢引《あいびき》かと疑われてしまう。
だから俺はしっかり寝るように告げると、帰路についた。
さすがに実力を隠していることはバレただろうが、仕方ない。
今日みたいなことを何度もやられたら、必ず問題になる。
それなら多少、秘密が漏れてもエニスの傍《そば》にいて、行動を抑制するしかない。
できれば、エニスが大人しくなってくれるのが一番だったんだが。
介入しないとどうにもならなそうだ。
なにより。
どうしても放っておけない。
「なんか危ういんだよな、あの人」
打算はある。無条件ではない。
けれど、同時にいっぱいいっぱいな人には手を差し伸べてあげたい。
彼女は多くの人に期待されていて、多くの人に頼られている。
手を差し伸べてくれる人はきっといない。だから俺くらいは手を差し伸べよう。
我ながらお人好《ひとよ》しなことだ。

9

翌日。

俺は生徒会長室に呼び出された。

理由はわかっている。

「――風邪、引きませんでした？」

部屋に入ると制服姿のエニスがいた。

生徒会長の椅子に座ったエニスは、大人びた雰囲気のお姉さんだった。

余裕があり、ニッコリと笑っている。

「ええ、おかげ様で。ありがとう、ロイ・ルヴェル君」

取り澄ました態度。

昨日のことなんて何でもないと言いたげだ。

言いたいことはいろいろあるが、引きずられるよりはマシだろう。

「さて、それじゃあ少しお話といきましょうか」

「あら？　話すことなんてあるかしら？」

とぼけた様子でエニスが笑う。

そんなエニスを見て、俺も笑みを浮かべる。

そして。

「じゃあ、用がないなら帰ります」

「えっ⁉　ま、待って！　冗談！　冗談よ！」

ジーッとエニスを見つめると、気まずそうにエニスは目を逸《そ》らした。

「……君と話しているとリズムが狂うわ……」

「俺は普通にしているだけですよ。話をする気になりました？」

「……私から質問してもいいの？」

「できれば、質問の前に説明がほしいですね。ここ最近のエニス先輩の奇行について」

「き、奇行なんて人聞きの悪い言い方はよして！」

「では、露出趣味って言えばいいですか？」

「もっと駄目よ！」

じゃあ、なんて言えばいいんだ。

あれは間違いなく奇行だし、露出趣味だ。

ほかに言い方なんてないだろ。

「その、あれは……スリルを楽しみたかったというか……ちょっとした遊びというか……」

ごにょごにょとエニスが喋る。

自身の行動を端的に表す言葉が見つからないらしい。

端的に表すと、俺が言ったような言葉になるからだろう。

「どうしてあんなことを？」

「……君が知っているかどうかはわからないけれど……私は多くの人に次期大賢者にと望まれているの」

「多少は存じてますよ」

「それなら話が早いわね。それがストレスなの。私は……大賢者には向いていないから」

まぁ、だろうなとは思っていた。

エニスの告白を聞いて、俺は一つ頷《うなず》く。

エニスは努力家だ。しっかりと自分と向き合っているはずだし、自分の特徴も把握しているはず。そんなエニスが自分の適性を見誤るとは思えない。

わかっているのだ。自分が大賢者にはなれないし、なってはいけないということを。

エニスが大賢者になれるとしたら、それは政治的な理由。もしくは国外に脅威となる国がいない場合。

大賢者に圧倒的な破壊力が求められるのは、国外に脅威が存在するから。そういう行動をする必要がないなら、エニスは大賢者になれるだろう。

けれど現状、脅威は明確に存在する。そして、その状況で政治的な理由で大賢者に就任したりしたら、国が亡《ほろ》ぶ。

だから、エニスは努力する。大賢者になれるように。けれど、努力すればするほど向いていないことがわかる。

たしかにストレスだろうな。もう少しエニスが馬鹿なら楽だっただろうに。

聡《さと》いからこそ、いろいろなことに気づいてしまう。

「君は……驚かないのね」

「何にですか？」

「私が大賢者に向いていないってことに。これを聞いた友人は全力で否定したり、笑い飛ばしてたわ。そんなわけないって」

「向いている、向いていないの話ですから。本人が言うならそうなんだろうと受け入れますよ」

「……変わっているって言われない？」

「たまに」

俺の答えを聞いて、エニスはクスリと笑った。

そのままエニスは椅子の背もたれに体重を預けた。

「私はこの学院が好き。だから生徒会長にもなったわ。けど、生徒会長で、剣魔十傑《けんまじっけつ》第一席で、十二天魔導《じゅうにてんまどう》第十二位で、宰相の娘、皇王の姪《めい》。肩書に疲れてしまったの。心を休める場所がなくて……最初は夜に寮を抜け出すだけ。けど、そのうち、それだけじゃストレスが発散できなくなって、踊ってみたり、普段は絶対着ない服を着てみたり……その、歯止めが利かなくて」

「ストレスが溜《た》まっているのはわかりましたけど、危ない綱渡りですよ。見つけたのが俺だからよかったものの、ほかの男なら襲われてましたよ？」

「それは……私が襲いたいほど魅力的ってこと？」

エニスが足を組み、惜しげもなく白い太ももを俺に見せつける。

たぶん、元々の性格的に人をからかうタイプなんだろう。

「人前に出る機会が多いから、そういう視線を向けられることには慣れているの。私は男性から見て魅力的らしいわ。ロイ君も私をそういう風に思っていたの？」

少し意地悪な笑みをエニスは浮かべている。

常に主導権を握り、相手を振り回す。そういう性格だから、俺と話しているとリズムが崩れるのかもしれない。

俺に話をして、少し余裕ができたからそういう行動に出たんだろうが。

襲われるぞ、という俺の忠告がわかっていないらしい。

「はぁ……」

「恥ずかしくなっちゃった？」

「今日は白ですか」

「っっっ⁉⁉」

エニスは俺の言葉を受けて、すぐにスカートを押さえる。

この程度で顔を真っ赤にするくらいなら、からかおうとしなきゃいいのに。

全然、平気だというなら問題ないが、恥ずかしがるなら問題だ。襲われてからじゃ遅い。

「み、見えたの……？」

「足を組むときに。恥ずかしくなりましたか？」

「ううっ……」

先ほどの言葉を返されて、エニスは俯《うつむ》く。

「どうして……？　ほかの男の子なら恥ずかしがったり、動揺するのに……」

「美人は見慣れてますし。そういう反応を期待するのはやめたほうがいいですよ」

俺も男だ。目は行くし、嬉《うれ》しいとも思う。

けれど、それが表に出てくるかどうかは別だ。

エニスは顔を真っ赤にしたまま、肩を震わせる。

そして。

「ロイ君……あなた、何者？　第六席を倒したくらいだから、それなりの実力者だと思っていたけれど、昨日の動きを見たかぎり……あなたはもっと、ずっと強いわ。落ち着いているし、私の挑発も効かないし……本当に年下？」

「力を隠してたのは認めますよ。いろいろと面倒なんですよ、ルヴェル男爵家の息子っていうのも。でも、年は偽ってませんよ」

「……ルヴェル男爵家の息子だから私に構うの？」

エニスが真剣な顔つきで問いかけてきた。

それに対して、俺は少し考え込む。

正直に答えようか迷ったのだ。だが、すぐに迷うのはやめた。

エニスの目が不安に揺れていたからだ。

「それもありますけどね。俺の父上と先輩の父上は……謀略仲間ですから。けど、それ以上になんとなく放っておけなかったんです。あんな方法でしかストレス発散できないってことは、相当追い詰められていたってことですから。手を差し伸べたくなったんですよ」

「……手を、差し伸べてくれるの……？」

「できる範囲で。エニス先輩だって、同じことを繰り返してたら大事になるって理解してますよね？」

「……わかってるわ。お父様に迷惑はかけられない」

「だったら、別のストレス発散方法を見つけましょう。協力しますから」

剣聖で大賢者、そのうえ学院の生徒。俺にはあんまり暇がない。

最近ではユキナに稽古もつけているし、忙しい。

けど、エニスをこのまま放置はできない。きっと、そのうちパンクする。

だから傍で問題を解決するしかないのだ。

「ロイ君って……変な人」

「変人でいいですよ。変人同士、仲良くしましょう」

「わ、私は変人じゃないわよ！」

「いやいや、世間一般で見れば変人なのはエニス先輩のほうですよ」

「うっ……」

正論を返されて、エニスは反論できない。

これまでの奇行があるからな。

そしてエニスは少し言いにくそうに呟《つぶや》く。

「……手助けしてくれるなら一つお願いしてもいい……？」

「なんですか？」

「監視……してくれないかしら？　私のこと」

自分じゃ歯止めが利かないから、危なそうなら止めてほしい。

そういうことだろう。

面倒極まりないが、ここでノーと言うわけにもいかない。

放っておけないし、どうせ監視するのだ。

「わかりました。それじゃあ、エニス先輩がこれ以上、奇行に走らないように監視しましょう。

そのうえで違うストレス発散方法も考えましょう」

「き、奇行って言い方はやめて！」

「ほかに言い方がありますか？」

「……秘密の遊びとか……」

余計まずいんじゃないかな、それは。

ストレスがピークに達して、頭のネジが緩んでいるのかもしれない。

これはしっかり監視したほうがよさそうだと思いながら、俺は右手を差し出す。

その手を見て、エニスは少し目を輝かせながら握り返してきたのだった。

第二章　生徒会長補佐

CHAPTER 02

1

エニスを監視すると決めた日。

俺はさっそく、エニスの監視に動いたのだが。

「おい」

「あうぅ……怒らないで……」

昼から放課後にかけて。

エニスはすでに三回ほど奇行に走っている。

一度目は教室にて。

意味もなく胸元のボタンを開けて、チラチラと見てくる男子生徒たちの様子を楽しんでいた。

二度目は移動中にて。

意味もなく男子生徒の近くで物を落として拾っていた。もう少し角度が変わっていたらスカートの中が見えただろう。わざとやっているから見えることはないが。

三度目は放課後。

また風の魔法を使って、周囲の反応を楽しんでいた。

「違うストレス発散の方法を見つけましょうって話をしたそばから、なにしてるんです？」

「や、やろうとしてやっているわけじゃないの！　な、流れで……」

「流れで露出するな！」

「だって……反応を見るのが楽しくて……そ、それにスリルもあって……」

人をからかうのが好きなのはいい。ただ、ストレスでそれがよからぬ方法へ向かっている。

危ないことをしている自分を楽しんでしまっている。

これは深刻だ。

「そ、そもそも！　ロイ君、授業はどうしたの⁉」

「サボりました」

「駄目よ！　学生でしょ⁉」

「いつもサボってるので。問題ありません」

「う、噂《うわさ》には聞いてたけど……本当に授業出ないのね……」

エニスはあまり学院にいない。

だから俺の存在も噂程度にしか認識してなかったんだろう。

信じられないといった目でエニスは俺を見てくるが、俺からするとエニスのほうが信じられない。

「授業サボる奴《やつ》より、露出のスリル楽しんでる人のほうがやばいですからね？」

「どっちもどっちよ！　授業は出なさい！　生徒会長として見過ごせないわ！」

「それじゃあ露出趣味控えてください」

「それは……極力努力するけど……」

「絶対にしないと約束しないなら、俺は監視のために授業をサボります」

「そ、そんな……じゃあ、どうやってストレス解消すればいいの……？」

絶望した表情でエニスが体を震わせる。

この程度で絶望しないでほしい。

「それを考えましょうって話です。何か好きなこととかないんですか？」

「好きなこと……読書は好きよ」

「なるほど、妹と一緒ですね」

「妹さんも読書が好きなの？　仲良くなれそうだわ」

「普段、どんなものを読むんです？」

「『魔法大全』とか『失われた魔法列伝』とか」

「却下です」

全部、魔法の学習書だ。勉強と変わらない。

「それじゃあ……乗馬も好きよ？」

「それなら乗馬で息抜きといきましょう」

決まりだ。

すぐに俺はエニスを乗馬の稽古場に向かわせた。自分は遠巻きから様子を窺《うかが》う。

「エニス先輩だ……」

「エニス先輩よ……」

「馬に乗っている姿も素敵ね！」

「さすがエニス先輩だわ」

学院の稽古場。馬に乗る訓練は最低限、必要だ。そのため、そこにはほかの生徒もいた。

生徒たちはエニスを見ると、ずっと注目し続けた。

エニスはそんな生徒たちの注目を浴びながら、一通り馬に乗ると、優雅に笑みを浮かべながら稽古場を出ていった。

そして。

「駄目ですね」

「落ち着かなかったわ……」

「愛想を振りまくからですよ、手とか振っちゃって」

「だって……」

生徒会長室。そこでエニスはため息を吐《つ》いていた。

わかっていたことだが、あれだけ注目されたら息抜きにはならない。

「ほかに好きなことは？」

「ほかに……魔法は……人の目もあるし、加減しなきゃだし……あっ！　こう見えて走ったりするのも好きよ？」

「ほう、意外ですね」

そういうことなら。

学院には持久走のコースがある。そこにエニスを向かわせた。

もちろん運動用の練習着に着替えてだが、もうその時点でだいぶ雲行きが怪しい。

エニスは笑顔で行ってくると言って、走りにいったが、走るとエニスの胸が揺れる。

しかも汗をかくとどうしても透ける。

エニスが走っていると知った男子生徒たちはエニスの近くで走るし、女子生徒たちは声援を投げかける。

これでは息抜きどころじゃない。露出趣味と何ら変わらない。

ある程度のところで区切りをつけてきたエニスに、俺はタオルを渡す。

「ストレス発散になりましたか？」

「そ、そうね……だいぶ」

「走って気分よくなったわけじゃないですよね？」

「そ、それは……」

「はぁ……走るのも駄目です」

途中から走るよりも、男子生徒たちの様子を楽しんでいた。それでは何の意味もない。

「それじゃあ次は」

「ちょ、ちょっと待って！　汗を流させて！」

「はぁ……」

さすがに汗をかいたままというのは嫌らしい。

仕方ないため、俺はエニスと別れて、生徒会長室へ向かうのだった。

■

汗を流してきたエニスは、濡《ぬ》れた髪を魔法で乾かしながら、椅子に座っていた。

「ほかに何かありませんか？」

「全部駄目って言われるから意見出しにくいわ……」

「しょうがないでしょ」

不満そうに頬《ほお》を膨らますエニスに対して、俺は容赦しない。

早く次の好きなことを出せ、と急《せ》かす。

すると。

「えっと、それじゃあ……カフェとかでゆっくりするのも好きよ」

「それでいきましょう。色んなことを忘れてゆっくりする時間をしっかり取れば、ストレスも緩和されるはずです」

「でも、仕事が……」

そう言ってエニスは生徒会長室の机を見る。

いくつかの書類がまだ残っている。

だが。

「仕事なんて後回しです。まずはストレスを緩和させること。それが先決ですよ」

俺は渋るエニスの手を引っ張って、生徒会長室を出たのだった。

2

アンダーテイル。

そこにあるカフェ。

学院の食堂では生徒たちの目があるため、アンダーテイルのカフェまで出張ってきた。

けれど、そこでも人の目は避けられない。

「エニス様だ……」

「珍しいな」

「一番良いお菓子をお出しして。失礼のないように」

店の者も客もエニスのことを知っている。当たり前だ。学院の生徒会長で、皇国の宰相の娘。

この街にエニスを知らない奴のほうが少ないのだ。

そんな中、エニスは人の目を気にした様子もなく優雅にカフェを楽しんでいる。

お菓子と珈琲《コーヒー》。砂糖やミルクを入れないのは、大人っぽいエニスらしい。

これは結構、息抜きになっているのでは？

結局、ストレスが溜《た》まるのは息抜きができていないから。

無理やりでもエニスに息抜きさせて、ストレスを溜めさせない。そうすればストレスからくる奇行もしなくなる。

これが解決策だろう。

しばらく外から様子を見守っていると、お菓子を食べ終えたエニスがカフェを出る。

店主が何度も頭を下げているところを見るに、今後ともご贔屓《ひいき》に、といった感じだろうか。

それに対してエニスは笑顔で対応しつつ、早足で学院のほうへ戻り始めた。

どうしたのだろうと思い、俺はそんなエニスを追いかける。

優雅に、しかし早く。エニスは人目を気にしながら、なんとか生徒会長室まで戻ってきた。

そして、そのまま生徒会長室のソファーに倒れ込んだ。

「ちょっ⁉　大丈夫ですか⁉」

「ううぅぅ……気持ち悪い……」

「えっ……？」

「珈琲……ブラックじゃ飲めないの……」

「なんで飲んだんです……？」

「周りの目があったから……生徒会長として大人っぽく振る舞わなきゃと思って……それに店員さんもブラックに合うお菓子を出してくれたし……」

「はぁ……」

これは駄目だ。ストレスも溜まるわけだ。

息抜きにカフェへ行ったのに、周りの目を気にしているのだから。

人の目を意識しない、というのがエニスにはできないのかもしれない。そうなると、この学院でエニスが気を抜ける場所はほとんどない。

これまでやってきた息抜きも、それ自体が悪いわけじゃない。

環境がエニスに合っていないのだ。

「いつもこんな調子なんですか？」

「……ずっとこうやってきたから……」

積もり積もったストレスってことか。

ずっとストレスを抱えてきて、最近、爆発してしまったのだろう。

「エニス先輩は……責任感が強いんですね」

「……もしかして慰めようとしてくれてる？」

「まぁ、一応」

「それなら」

エニスは体を起こすと、ソファーの隣を叩《たた》く。

自分の隣に座れということだろう。

まぁ、隣に座るくらいならお安い御用だ。

そんな風に思いながら、俺はエニスの隣に座る。

すると、隣にいたエニスがゆっくりと体を倒す。

膝の上に重みが加わった。

「なにしてるんです？」

「慰めてくれるんじゃないの？　気持ち悪いし、しばらく横になりたいの」

「いや、これが慰めになります？」

「うん、安心する」

そう言ってエニスは目を閉じた。

このまま寝てしまうんじゃないかと思うくらい、体から力を抜いている。

「こんなこと言うとロイ君は怒るかもしれないけど……」

「怒りませんよ」

「そう？　えっとね、ロイ君と息抜きの方法を探すためにいろいろと考えて、いろいろと実行に移したでしょ？　結局、息抜きはできなかったけど……その時間はすごく楽しかった」

「楽しかったならいいですけど、根本的な解決にはなってませんよ？」

「いいの、楽しかったから。明日からもよろしくね？」

「やれやれ……」

「ふわぁ……最近、あんまり寝れてなかったから……」

「え？　ちょっと!?」

そのうちエニスは規則正しい寝息を立て始めた。

寝てる。完全に。

こんなところで寝られても困る。ここは起こすべきだろう。

けど。

「気持ちよさそうに寝てるなぁ……」

無警戒で、安心しきっている。そんな風に寝ている人を起こすのは気が引ける。

人の目を気にして、息を抜くことすらできない人だ。

ここでリラックスして寝られるなら、寝かせてあげるべきだろう。

しかし。

「会ったばかりの男を信頼して、目の前で寝るってのはどうなんだ？」

もうちょっと警戒心を持つべきだろう。自分の魅力を自覚しているのに、警戒が緩い。

困った人だ。

いたずらのつもりで頬を指で押す。

柔らかい頬に指が埋まり、エニスは少し寝苦しそうに眉を顰《ひそ》めた。

その様子が面白くて。

しばらく、俺はそうしていたのだった。

3

「お兄様!!!!」

翌日の朝。勢いよくレナが部屋に入ってきた。

珍しいことだ。昼前にレナが俺の部屋に来るなんて。

あの後、しばらく寝ていたエニスが起きたのを確認して、俺は自分の部屋に戻った。

いつも通り、学院の見回りをして寝たため、それなりに睡眠時間は取れた。

剣聖と大賢者。そして学生。一人三役をこなすには睡眠時間を削るしかない。そんな俺にとっては稀有《けう》な夜だったといえるだろう。

それなのに妹の大声で起こされることになるとは。

「なんだ……レナ……？」

「なんだじゃありません！　これはどういうことですか!?　説明を求めます!!」

いつになく強引だ。

レナが差し出してきたのは一枚の紙だった。たぶん貼り紙だろう。

それを流し読みしたあと、しっかりと読み直す。

「ロイ・ルヴェルを……生徒会長補佐に任じる……？　はっ？」

「説明してください！」

「説明も何も今、初めて知ったぞ……何がどうなってんだ？」

理由は知らないが、これを決めた人間はわかる。

俺はベッドから起き上がると一つ伸びをした。

「とりあえず生徒会長に理由を聞いてくる」

「ほ、本当に思い当たる節はありませんか？　相手はエニス先輩ですよ⁉　宰相の娘で皇王の姪《めい》。睨まれたら私たちルヴェル男爵家なんて吹き飛んでしまう相手です‼　失礼のないようにしてくださいね‼」

「大丈夫だろ」

「お兄様はわかっていません！　あー‼　リアムお兄様の心労がまた一段と‼　このままじゃ頭髪が寂しいことになってしまいます！　問題は起こさないでくださいね‼」

「わかってるよ」

レナがここまで慌てるのは、それだけエニスが大物だから。

俺が決闘をしたティム・タウンゼットの実家、タウンゼット公爵家よりもさらに大物。

リアム兄上の心配をするのは当然だろう。

前回の侵攻後、リアム兄上は公然とタウンゼット公爵に盾突いたそうだ。公王の配慮で問題にはならなかったが、城内では、またルヴェル男爵家がやらかした、という空気になっているらしい。

そんな中、俺が今度は皇国の宰相の娘と問題を起こせば、たしかにリアム兄上の頭髪が心配になってくるか。

リアム兄上は外務大臣の補佐官。他国との問題を解決する立場にある。

それなのに弟が短期間に他国の要人たちと問題を起こせば、胃も痛くなるだろうな。

今度、差し入れでも持っていこう。胃薬がいいだろうな。

■■■

「これは、どういうことですか？」

「おはよう、ロイ君」

「これは、どういうことですか？」

「昨日はお疲れ様、今日もよろしくね」

ニコニコと笑みを浮かべながら、エニスは告げる。

会話が成り立たない。

生徒会長室に俺が来てからというもの、エニスは終始ご機嫌だ。

理由はわかっている。俺が困っていて楽しいのだ。

完璧な生徒会長で、上品なお嬢様。そういう部分もエニスの一面ではあるが、他人をからかって楽しいと感じているのもまた、エニスの一面ではある。

「これは、どういうことですか？」

「昨日は寝ちゃってごめんね。でも、ロイ君の膝枕は寝心地よかったわ」

「……」

エニスは本当に楽しそうだ。ストレス発散しているといえば、しているだろう。

だからといって、このままってわけにもいかない。

「え？」

俺は右手をエニスの頰《ほお》に伸ばすと、そっとつねる。そして、引っ張った。

「これは、どういうことですか？」

「いたぁい、やめてぇ、引っ張らないでぇ！」

「これは、どういうことですか？」

「謝るからぁ！　許してぇ！　説明するからぁ！」

エニスの言葉を聞いて、ようやく俺は頰から手を離す。

エニスは頰をさすりながら俺を睨《にら》む。

「ロイ君！　私はロイ君より年上なのよ！　ちゃんと年上扱いをして！」

「年上扱いしてほしければ、年上らしい行動を心がけてください」

「してるわよ！」

「息抜きに来てるのに、自分から注目浴びたり、飲めないのに珈琲をブラックで飲んだり、しまいには許可もなく人の膝枕で寝る人が年上らしいですか？」

「そ、それは……」

エニスは気まずそうに視線を逸《そ》らす。年上らしからぬ言動をしているという自覚は多少、あるらしい。

「なにより、人を勝手に生徒会長補佐とかいう役職に任命するのが年上のすることですか？」

「それはちゃんと考えがあってのことよ！　生徒会長補佐は生徒会長に同行できるの！　一緒にいても問題ないうえに、評価点がつくのよ！　サボり気味なロイ君にもメリットがあるわ！」

「はぁ……別にサボっても問題ないんですよ。どうせ退学にはならないし」

「けど……それじゃあ落第貴族だなんて言われっぱなしよ？　いいの？　それで」

「嫌なら生活を改善してますよ。いいんですよ、このくらいで」

普段、学院にいないエニスは俺の評判には疎かったんだろう。それを調べて、まずいと思ったんだろうな。

心遣いはありがたいが、特に改める気はない。

地元枠である以上、俺が退学になることはない。そして俺には剣聖と大賢者という二つの顔がある。優先すべきはそちらで、どうしても学生生活は後回しになる。

それでも俺にとって必要だから、学院にはいる。落第貴族と呼ばれて、周りから侮られているくらいがちょうどいいのだ。

「そう……ごめんなさい。余計だったわ……私のほうから撤回しておくわね……」

肩を落とすエニスを見て、俺はため息を吐《つ》く。いちいち、他人のことで落ち込まなくてもいいだろうに。

まぁ、こういう性格だからストレスも溜《た》めてしまうんだろう。

「今更、撤回してもいろいろと噂《うわさ》されるだけです。今回はエニス先輩のご厚意を受けますよ。任命理由としては……剣魔十傑《けんまじっけつ》に勝ったロイ・ルヴェルを更生させるため、とかでいいですか？」

「本当⁉ やっぱりロイ君は優しいわね！ 理由もそれでいいわ。生徒会長として、学院の実力者がくすぶっているのは看過できない問題だもの」

「それじゃあ、そういう風に周りには説明するとして……俺が傍《そば》にいる理由ができただけで、何も解決してませんよ？」

「大丈夫よ。ゆっくり見つけましょう」

そう言ってエニスは余裕たっぷりにウィンクをしてみせた。

それを見て、俺はエニスのおでこを指で弾《はじ》く。

「いたぁい……」

「困っているのはあなたなんですから、もう少し焦りましょうね」

「年上扱い……」

何かを訴えるような視線をエニスが向けてくるが、俺はそれを無視した。

今更、この人を年上扱いするのはどうやっても無理だ。

4

「それで？　生徒会長補佐を引き受けたの？」

「まぁ、そうなるかな」

その日の昼。

人気《ひとけ》のない食堂。その端の席で、俺はユキナとお茶を飲んでいた。

ユキナの雰囲気はいつもの三割増しで冷たい。

経緯に関しては建前ではなく、正直に話した。エニスの奇行についてはぼかしつつ。

俺が剣聖であることを知っている唯一の生徒、それがユキナだ。そんなユキナからすれば俺の行動はどうかしているとしか思えないだろう。

「ただでさえ忙しいのに、安易に引き受けてよかったのかしら？」

「いや、それは……」

「エニス先輩がストレスを溜めて、夜な夜な外出するのがまずいというのも理解できるわ。彼女は立場的に特殊だもの。良家の令嬢というだけじゃなくて、皇国の希望。何かあれば即座に皇国が動く存在。重要視するのはわかるけれど、ロイ君が世話を焼いて解決するのかしら？」

「まぁ、解決できるように努力するというか……」

「はぁ……前から思っていたけれど、ロイ君ってお人よしよね」

呆《あき》れた様子でユキナが呟《つぶや》く。

返す言葉もないので、俺は黙ってお茶を飲む。

こういう刺々《とげとげ》しいときのユキナには反論しないほうがいい。倍返しを食らうだけだ。

「まぁ……私も世話を焼いてもらってる身だもの。強くは言えないわ」

「ご理解いただけてなにより」

「しょうがないわ。エニス先輩は美人だもの」

ん？　おや？

なんだか話が変な方向に逸れたな。

「エニス先輩が美人というのは関係ないが？」

「そうなの？　あれほどの美人とお近づきになれる機会だから引き受けたのかと思ったわ」

表情が変わらないので、本気なのか冗談なのかわからない。

本気でそう思われるのは非常に心外だ。

「俺が引き受けたのは彼女の立場が状況をややこしくしかねないからだ」

「本当かしら？」

「本当だ」

涼しい顔でユキナはお茶を飲む。

信じてくれたのか、怪しい。けれど、これ以上の弁解は誤解を招くだけだろう。

「……ストレスを発散させるには息抜き。それはわかるけれど、好きなことはこれまでもやってきたのよね？　それでストレスが溜まっているのだから、別の好きを開拓したらどうかしら？」

急に建設的な助言がやってきた。

驚いてユキナをまじまじと見つめると、ユキナは眉を顰《ひそ》めた。

「なにかしら？　私の助言が珍しい？」

「いや、ちょっと怒ってそうだったから」

「怒ってるわよ。いつも忙しくて、睡眠時間も十分確保できてないのに、さらに問題を抱え込んだロイ君の考えなさに。けど、放っておいたらロイ君は無茶《むちゃ》をするでしょ？　だったら、早く問題を解決するほうがいいわ」

「ありがとう、助かるよ」

「別に……お礼を言われるほどではないわ」

ユキナは少し顔を赤くしてそっぽを向く。

そして。

「週末の……稽古は忘れてないわよね？　私も楽しみにしてるんだから」

「もちろん。時間はしっかり取るよ……急な呼び出しがなければだけど……」

「それは仕方ないわ。ロイ君にしかできないことだもの」

急な呼び出しというのは、剣聖と大賢者としての呼び出しのことだ。

もちろんユキナは俺が大賢者だとは知らない。

ただ、実は剣聖というだけで十分、忙しい。

王国と大公国の行き来だけでも大変だし、剣聖として呼ばれたら戦場に出たり、王や貴族の相手をしたりすることになる。

ユキナとしても忙しさの想像はできているんだろう。

実はその倍以上の忙しさではあるのだが。

「困ったことがあったら相談に乗るわ。似たような悩みなら抱えたことあるもの」

「ユキナもストレスが溜まって奇行を……？」

「私は剣術に打ち込むことで解消したわ。一緒にしないで」

これまでで一番冷たい声でユキナは告げる。

あまりに冷たかったので、体が震えてしまった。

声も表情も冷たい。さすが氷剣姫《ひょうけんき》というべきか。

しばらくの間、俺はユキナの冷たい視線に晒《さら》される。

「……ある程度の家格の令嬢なら同じような悩みをみんな、大なり小なり抱えていると思うわ。こうしなさい、ああしなさい、あれは駄目、これは駄目、指図や制限ばかりだもの。家の品位を保つためだと納得して従うけれど……やっぱり辛《つら》いときはあるわ」

「うーん……やっぱり公爵家ともなるとあるか……」

うちは男爵家で、父親はあんな感じだ。基本的にレナには甘いし、自由に育てられた。

貴族として最低限のマナーは教わったが、その程度だ。

ちょっと共感できそうにない。

良いところの生まれというのも考えものだな。

「エニス先輩に関しては家だけが原因じゃないわ。エニス先輩に対して、皇国の多くの民が次期大賢者として期待している……大賢者エクリプスは頼りになるけれど、やっぱり自国出身の者が大賢者になってほしいと民は思うのよ。その身にかかる期待は私の比じゃないでしょうね」

ユキナの言葉に俺は静かに頷《うなず》いた。できればそうなってほしいと俺も思っている。自分の国なのだ。自分たちで守る意識を持ってほしい。

だけど、国防に関わることだ。意識があるだけで守れるなら、俺なんていらない。

心情だけで選ぶわけにはいかないし、譲るわけにもいかない。

エニスはそれをわかっている。多くのことにおいて板挟みになってしまい、エニスは暴発してしまっているんだろう。

俺が責任を感じることではないだろうが、宰相に対してしっかりと説明していれば、エニスへの期待も変わっていたかもしれない。

そう思うからこそ、少しでも力になってあげたい。

どこまで力になれるかはわからないけれど。

5

「ロイ君！　ロイ君！」

その日の放課後。生徒会長室でエニスが得意げに話しかけてきた。

理由はわかっている。

「今日は平常でしたね」

「そう！　ちょっとまずいなと思って、何度か踏みとどまることができたわ」

嬉《うれ》しそうにエニスは喋《しゃべ》る。その顔には、褒めろ、と書かれていた。

犬か猫あたりを想像しながら、肩を竦《すく》める。

「すごいですが、一日じゃ意味ないですよ」

「むぅ……褒めて伸ばすってことを知らないの？」

「調子に乗りそうなので」

所詮は一日。根本的な解決がなされたわけではない。

ストレスは解消されてない。堪《こら》えているだけだ。それは新たなストレスになりかねない。

だから。

「再度聞きますが、これならストレス発散になりそうっていうことってありますか？　ないならいくつか新しいことを試そうかなと思いますが」

「うーん……思いつきそうなのは魔法を遠慮なく撃てるってことくらいかしら。けど、学院の結界だとそれは難しくて……」

「なるほど……」

学院の結界は強力だ。それでもエニスレベルは想定されていない。本気で魔法を使えば壊してしまうのだろう。

精密なコントロールをできるから、壊れないギリギリで魔法を使えるが、それは相当なストレスだろう。

いやぁ……デジャブだな。

同じ悩みを持つ奴《やつ》がそういえばいた。

「……」

「どうかした？」

「いや……思う存分魔法が撃てる場所知ってるなぁ、と思いまして」

「本当⁉　教えて！」

「うーん……」

「教えてくれないの……？」

少し悲し気にエニスが呟く。

まぁ、教えても問題はないだろう。エニスはあの場所を悪用するタイプではないだろうし。

ただ、問題があるとすれば。

「先客がいますね、そこに」

「先客？」

「仲良くできますか？」

「私を誰だと思っているのかしら？　ロイ君は」

頬《ほお》を引きつらせながらエニスは腰に手を当てる。

そう言われても大事なことだ。

とはいえ。

「まぁ、あの子と揉《も》めることのほうが難しいか」

「私も揉めないわよ！」

「じゃあ、とりあえず今日はそこに行きましょう」

「ロイ君!?　私も揉めないわよ!?」


学院の傍《そば》にある森。

その少し奥。

魔力が流れる〝星脈《せいみやく》〟の密集地点が存在する。

そこにある木々は魔力の恩恵を受けており、燃やそうとしても燃えないし、たとえ燃えても一瞬で火がかき消えてしまう。

圧倒的な生命力がそこにはある。

古来より英雄たちはそういう場所で修行していた。

自分の力が周囲に多大な影響を与えるため、そういう場所でしか稽古できないのだ。

そんな場所で一人、魔法の練習をしている少女がいた。

やけに元気そうに。

「必殺の!!　【火球】!!」

「無敵の!!　【火球】!!」

「最強の!!　【火球】!!」

なぜ掛け声がいるのだろうか。ポーズまで決めているし。

きっと何か変な情報に影響されたんだろうな。

呆れていると、練習中の少女、アネットが俺に気づいた。

「あ！　ロイ君！　やっほー」

「お疲れ、それで……なんで掛け声をつけているんだ？」

「今日、アンダーテイルでね！　掛け声が大事だって聞いたんだよ！　イメージがつきやすいんだって！　だから強そうな言葉を掛け声にしてるんだよ！」

「効果は？」

「なんか強くなった気がする！」

だいぶざっくりとした感想だが、それもアネットらしい。

まぁ、本人が楽しんでいるならそれでいいか。

とはいえ、アネットに必要なのは強さではなく、正確さ。

その余りある威力により、アネットは学院での魔法使用を禁止されている。

初歩的な魔法でも学院の結界を壊してしまうからだ。

ある意味、エニスとは真逆。

威力特化の魔導師だ。

そんなアネットはニコニコと笑いながら、俺のほうに駆け寄ってくる。

「今日は絵を描くの？　それとも見に来てくれただけ？」

「いや、今日は……ちょっと紹介したい人がいて」

言いながら、俺は後ろを振り返る。

俺の声を聞いて、木陰に隠れていたエニスが姿を現した。

エニスの姿を見て、アネットは少し固まったあと。

「えええええぇぇぇぇ!?!?　エニス・エルランジュ先輩!?!?　なんで!?　どうしてここに!?　どうしてロイ君と!?」

「これには深い事情があってだな……」

「アネット・ソニエールさんよね？　あなたがロイ君の言う先客だったのね。納得だわ。学院側が魔法を禁止にせざるをえない炎魔法の天才。炎の大家、ソニエール伯爵家の現当主。たしかにあなたなら自由に魔法を撃てる場所を求めているわよね」

「え、エニス先輩があ、あたしのこと知っているなんて……」

「もちろん知っているわよ。とある人よりあなたのことは聞いていたし、なにより、あなたが満足に魔法を撃てないと聞いてから、学院に結界強化の打診をしたもの。却下されてしまったけれど……ごめんなさい。あなたにちゃんとした場所を用意できなくて」

「そ、そんな！　謝らないでください！　あたしはこうしてここで稽古できてますし！　それに魔力コントロールが上手《うま》くできないあたしが悪いんです！」

二人して頭を下げる。

エニスは皇国宰相の娘にして皇王の姪《めい》。没落貴族であるアネットからすれば、遠い存在だ。

そんな相手が自分に頭を下げるとは思ってなくて、アネットも頭を下げる。

お互いがお互いに頭を下げる奇妙な展開。

いつまでも終わりそうにないので、俺はそれを仲裁することにした。

「はい、おしまい。互いに自分が悪いなんて言ってたらキリがない」

「でも……生徒会長として……」

「エニス先輩」

視線で制すと、エニスは唇を尖《とが》らせて黙った。

このままじゃ話が進まない。

「アネット、知っていると思うが、こちらはエニス先輩」

「も、もちろん知ってるよ！　なんでロイ君と一緒なの？」

「俺は生徒会長補佐に任命されてな……それでエニス先輩に遠慮なく魔法を撃てる場所を聞かれたんだ」

「ロイ君が生徒会長補佐？　あ！　この前の決闘で目立ったから？」

アネットは単純だけど、馬鹿じゃない。察しはいいし、頭の回転も速い。

とはいえ、本当の理由にはたどり着けない。当たり前だ。誰がたどり着けるって話だ。

「その通り。それでここを紹介しに来たんだ。ただ、アネットが嫌なら帰る」

「嫌だなんて！　そんなことないよ！　エニス先輩の魔法が見れる機会なんて、そんなないしね！」

「だ、そうです」

「ありがとう、アネットさん」

エニスは快諾してくれたアネットにお礼を言う。学院内で魔法を使えるエニスとは違い、アネットはここでしか魔法を使えない。

アネットが嫌と言ったら諦めるつもりだったが、アネットの性格的に嫌と言うわけがないか。

「それにしても不思議な場所ね。すごい魔力を感じるけれど……本当に全力で魔法を撃っていいの？」

「アネットの魔法でも大丈夫ですし、エニス先輩の全力でも大丈夫だと思いますよ」

「本当？　それじゃあ、さっそく撃ってもいいかしら？　学院の結界に配慮しながら魔法を使うのって、窮屈なのよね」

「わかります！　あたしは結局、壊しちゃったけど……」

「結界の強度不足が悪いのよ。結界の強化を再提案してるから、もう少し待っててね。アネットさんの魔法にも耐えられるようにしてみせるわ」

「本当ですか⁉　ありがとうございます！」

そんな会話のあと、エニスは深く息を吸って集中し始める。

万が一に備えて、俺も結界を準備する。

さすがに大丈夫だと思うが、エニスが思った以上の高威力を発揮したとき用だ。

「東天より駆ける雷！　集い、混じり、迸《ほとばし》り！　大気を貫く一条の光となれ‼　【雷光極《らいこうきょく》】」

雷の最上位魔法。エニスの右手に雷が集束して、一気に放たれる。

集束させられた雷光が一帯を覆う。

威力、効果範囲ともにアネットよりも上。

当然、学院で撃てるレベルの魔法じゃない。

ここが星脈の密集地点じゃなければ、森の半分はなくなっていたかもしれない。

けれど、大地から魔力の供給を受けるここの木々はしぶとい。

煙が晴れると、三本の木が焦げて折れていた。

アネットの炎魔法でも焦げないし、折れることのない木が三本も折れた。大した威力だ。

おそらくエニスの中でも最大威力の魔法。

十二天魔導《じゆうにてんまどう》に選ばれるだけはある。

「すごい……ここの木が折れるなんて……」

「ちゃんと本気で撃ったのに……本当に星脈の密集地帯なのね。ほら、もう再生が始まってるわ」

エニスは折れた木を指さす。折れた場所から芽が出ている。新たな木となるのに、それほど時間はかからないだろう。

「エニス先輩！　コツ！　コツを教えてください！　あたしも折りたいです！」

「コツ？　そうね……とにかく魔力を集中させることかしら。どうしても魔法を撃つときというのは、魔力が拡散してしまうから。それを抑えることが強い魔法を撃つコツよ」

「はい！　見ていてもらってもいいですか⁉」

「ええ、いいわ」

なんだか魔法の授業が始まってしまった。

正直、今の状態のエニスをアネットに会わせるのは少し怖かったが、大丈夫そうだ。

エニスは大賢者に向いていないが、アネットは向いている。

二人の力量は比べるまでもなく、エニスのほうが上で、今の時点でアネットが勝っている部分はほとんどない。

けれど、アネットには豊富な魔力総量と圧倒的な破壊力がある。

エニスが最上位魔法で威力を出すが、アネットは初級魔法で威力を出す。

当たり前の話だが、アネットが最上位魔法を覚えたら、アネットのほうが格段に威力は上だろう。

完成されているエニスと、原石のアネット。

エニスからしてみれば、欲しかったものをアネットは持っている。

ただ、そこで技術を共有するところがエニスの性格の良さだろう。

きっと内心では悔しいし、羨ましいに違いない。

誰だって嫉妬はする。

エニスは自分で大賢者に向いていないとは理解しているが、大賢者になりたくないわけじゃない。なれるならなりたいだろう。そう望まれて生きてきたし、自分だって目指してきたはずだから。

それでもエニスはアネットへ丁寧な指導をしている。

損な人だ。

他人のせいにしたり、他人に当たることができれば、ストレスだってそこまで溜《た》まらなかっただろうに。

まぁ、だから手助けしてもいいかという気になるんだが。

その日は結局、アネットへの魔法指導で終わってしまった。

ただ、一緒に帰る頃には二人はすっかり仲良くなっていて、エニスはとても満足そうだった。

6

次の日の放課後。

生徒会長室には気分よさそうなエニスがいた。

「ご機嫌ですね」

「昨日はアネットさんと仲良くなれたし、気分よく魔法も撃てたし、最高よ。毎日行きたいわ」

「行ってもアネットはいませんよ。今日は仕事のはずですから」

「そう……それじゃあまた今度がいいわ」

気分よく魔法を撃つよりも、アネットがいるほうが大事らしい。

よほどアネットのことが気に入ったんだろう。

エニスには友人が多いはずだ。けれど、エニスからすれば気に入るほどの人は少ないのかもしれない。

魔法に真摯に向き合い、アネットは純粋に高みを目指している。

エニスにはかなわないとわかっていても、いずれは、と努力する姿はエニスからすれば好感のもてるものだったのだろう。

普通の友人と気に入る人は少し違う。

アネットは後者だったんだろう。

「今日は何をするの？　ロイ君」

「そうですね。したいことがなければ、新しいことをしてみるというのはどうでしょうか？」

「新しいこと？」

「たとえば……料理はどうですか？　妹はよく料理をしてると気が晴れると言っています」

「料理？　たしかに私は自分で料理をしたりしないけれど……気晴らしになるかしら？」

「まぁ、試してみましょう」

「それは……ロイ君が私の手料理を食べたいってこと？」

少し上目遣いでエニスが訊《たず》ねてくる。

学院の男子生徒たちなら大興奮だろうな。

本人がちょっと乗り気になったのに、水を差すのもあれか。

「まぁ、そうですね。興味はあります」

「そ、そう……それじゃあ作ってあげてもいいかな……」

素直に返されるとは思ってなかったのか、エニスがしどろもどろになりながら答える。

ペースを乱されるエニスに苦笑しつつ、事前に使用許可を取っておいた食堂の厨房《ちゅうぼう》へ向かったのだった。

■■■

生徒会長という言葉は、この学院では強力だ。別に特別なことではなく、ただの使用にもかかわらず、生徒会長が使うと言っただけで食堂は貸し切りだし、食材も自由に使っていいと言われている。

それだけエニスの影響力がデカいということではあるが。

「大丈夫かよ……」

とりあえず試食役なので、俺はキッチンには入らず、食堂のテーブルで待機していた。

ただ、キッチンから不穏な音と悲鳴がさっきから聞こえてきている。

「きゃー!? 拭くもの、拭くもの！ あっ！ 焦げてる！ 焦げてる！」

なんでもそつなくこなしている印象ではあるが、エニスは生粋のお嬢様だ。

料理らしい料理はしたことなどないだろう。

ただ、サバイバル術として刃物の扱い方や火の使い方は知っていた。だから任せたのだが、これは覚悟しなくちゃいけないかもしれない。

それからしばらくして、キッチンから恐る恐るエニスが顔を出した。

「ロイ君……」

「できましたか？」

「できたけど……」

「けど？」

「……まずいって言わない？」

「言いませんよ。作ってもらっておいて」

「……笑わない？」

「笑いません」

「……それなら」

そう言ってエニスは後ろに手を回したまま、俺の近くまでやってきた。

そして意を決した様子で、机の上に後ろ手で持っていた皿を置く。

そこにあったのは茶色の何か。

一応、卵らしきものもあるが、焦げている。

たぶん、たぶんだけど。

「……オムライス？」

「やめて！　疑問形にしないで！」

「合ってましたか。それじゃあいただきますね」

「……めしあがれ」

まぁ、見た目なんて二の次だ。

料理は味。

スプーンを握り、掬《すく》って一口。

甘い。

まず感じたのはそれだった。とにかく甘い。オムライスってこんな甘かったっけ？　と疑問に思ったあと、今度は辛みがきた。

思わず顔が歪《ゆが》みそうになるが、そこは根性で耐える。

それ以外にもいろいろと味がある。ただ、甘みと辛みの存在感がデカすぎる。

素材の味は何も感じない。

なにをどうしたらこんな味になるのやら。

「エニス先輩……」

「あうぅ……」

「味見しましたか……？」

「怖くてできなかった……」

そんなものを人に出すな、と言いたいが、ほぼ初めての料理なのだから仕方ないだろう。

軽く水を飲むと、俺はそのまま出されたオムライスをすべて胃袋に放り込む。

こういうのは味わったら手が進まなくなる。とにかくお腹《なか》に入れてしまうのが完食のコツだ。

「ロ、ロイ君!?　無理しなくても……」

「人に作ってもらったものは完食するようにしてるので……」

「で、でも……」

「ご馳走様《ちそうさま》でした……」

お礼を言いつつ、再度、水を口に含む。

さすがに気持ち悪い。

もう一度は無理だな。

だから。

「先生を呼びましょう」

「先生……？」

「俺の妹です」

■■■

「それで私を呼んだんですか？　お兄様」

「ああ、頼む」

レナは呆《あき》れた様子でため息を吐《つ》く。そのまま俺の隣にいたエニスに目を向けた。

「はじめまして、エニス先輩。兄がお世話になっています。妹のレナ・ルヴェルといいます」

「あ、エニス・エルランジュよ……その……お兄さんにはお世話になっているわ」

エニスの挨拶を聞いたあと、レナはジッとエニスを見つめる。

最初は笑みを浮かべていたエニスだが、レナが何も言わずジッと見つめるため、おろおろとし始めて、俺に助けを求めるかのように視線を向けてくる。

「レナ……？」

「完璧な生徒会長、剣魔十傑《けんまじっけつ》の第一席。エニス・エルランジュ先輩に対して、お兄様がお世話することなんてないと思っていましたが……そうでもないようですね」

「え？　え？」

エニスがわけもわからず困惑する。

レナなりの見定め方だったんだろうな。

困らせて、どうするのか反応を見たのだ。そしてエニスは俺に助けを求めた。

それで、俺を信頼しており、助けを求めるに足る人だとわかったんだろう。

「まさかと思いますが、お兄様が生徒会長補佐になったのは料理の試食係のためではありませんよね？」

「違う違う……エニス先輩はいろいろと大変で、息抜きをするのも一苦労なんだ。これはその一環というか」

「たしかに料理はストレス発散になりますね。ですけど……」

チラリとレナは俺の前にある皿を見る。

そして。

「お兄様は試食係には不適格です」

「なんでだよ⁉」

「た、食べるのはいいことだろ……？」

「なんでも食べるからです！」

「まずいならまずいって言ってくれないと進歩できません。まったく……エニス先輩、料理に関していえばお兄様ほど信用できない人はいませんからね？」

「そ、そうなの……？」

「はい。お兄様は私が子供の頃、料理を始めて三か月間、とても食べられたものじゃない物を美味《おい》しいと言って食べていたんです。お父様が食べてなかったら、平気でずっと作り続けていました」

「妹を傷つけまいという兄の心遣いであって……」

「度が過ぎてます！　もう！」

レナは腰に手を当ててそう言うと、エニスに視線を移す。

その視線を受けて、エニスは背筋を伸ばした。

「エニス先輩……私は厳しいですよ？」

「お、お手柔らかにお願いします……」

「お、おい……レナ？　あくまでエニス先輩は息抜きに……」

「料理の道はそんな甘くありません！」

何か変なスイッチが入ってしまったらしい。

テキパキと自分のエプロンを用意すると、レナはエニスの手を引きキッチンへと入る。

だが。

「なんですか⁉　この散らかりようは⁉」

「あわわっっ‼　ち、違うの！　聞いて、レナさん！」

「聞きません！　まずは綺麗《きれい》にするのが先です！　お兄様！　洗い物をしてください！」

「俺もやるのか……」

「何か言いましたか⁉」

「いえ、何も……」

呟《つぶや》きながら、俺はキッチンへと入る。

そこでは散らかった食器、調味料などなど。なかなかの散らかりようだった。

おそらくどれがどれかわからなくて、一通り見ていたんだろう。

それを片付けるところから始まり、その間に俺は皿洗いを始める。

しばらくそうやっていると、ようやく料理が始まった。

「エニス先輩！　適当に材料を入れては駄目です！」

「え？　で、でも……」

「でもじゃありません！」

「はい……」

完全に教師と生徒だ。

エニスは反論すら許されず、半泣きでレナから指導を受けている。

しっかりと材料は量を量ること。

火を使うときは目を離さないこと。

次にやることを口に出すこと。

基本的なことからレナはエニスに教えていく。

ときおり駄目出しを受けつつも、エニスはなんとか料理を進めていく。

そのうち余裕が出始めたのか、エニスの顔にも笑顔が浮かび始めた。

「必ず味見はしましょう。味に納得できないときは少しずつ調整してください。濃い味を薄めるのは難しいので、ここは慎重に」

「わかったわ」

元々、要領がいいからだろう。

エニスはレナの教えを吸収して、最終的にはそれなりに見栄えのするオムライスを作り出した。

そしてそれを持って食堂へ。

「それではいただきましょう」

レナの言葉を合図に、三人で一口ずつ口に運ぶ。

先ほどのような強烈な味はない。

たしかにこれはオムライスだ。卵にケチャップの味。しっかりと素材の味も感じられる。

「美味しい」

「はい、美味しいですね」

「美味しい……」

エニスは驚いたように呟くと、俺のほうを見てくる。

そんなエニスに苦笑しながら、俺は再度、オムライスにスプーンを伸ばし、口に運んだ。

うん、間違いない。美味しい。

「もっと多く作ってもらえばよかったですね。おかわりが必要かもしれません」

「そ、そう？　それじゃあまた今度、作ろうかしら……」

エニスは照れたように俯《うつむ》く。

そんなエニスを見て、レナはジト目で俺を見てきた。

「お兄様……」

「な、なんだ？」

「女性にいつもそんなこと言っているんですか？」

「べ、別に変なこと言ってないだろ？」

「はぁ……」

ため息を吐いたあと、レナは首を横に振る。

そして。

「女性関連でトラブルになっても私は知りませんからね？」

「ならないって……あ、そういえば！　聞いたか？　明後日から長期休暇だぞ！」

まずい話題なので、さっさと別の話題に移行する。

学院は明後日から長期休暇に突入する。理由は〝結界の張り替え〟だ。

前回の帝国軍侵攻を受けて、学院の結界をより強固にするべきという意見が出た。

しかし、そのためには皇国から優秀な魔導師たちを呼びよせる必要があり、さらにその間、生徒たちの授業ができない。

学院側としては及び腰だったが、エニスがかなり強硬に主張し、皇国側からの魔導師派遣も取り付けたため、実施されることとなった。

ただ、どれだけ頑張っても三週間はかかるため、生徒は少し早めの長期休暇だ。

突然の決定だったため、多少の混乱もあったが、大抵の生徒は帰省するだろうし、帰省しない生徒には学院が大公国の首都に宿を取っている。

もちろん俺たちは帰省するが。

「その話は聞きましたが……いきなり言われても困ります。長期休暇なら旅行にでも行きたいところですが……」

「さすがに急すぎるよな」

「はい。王国に行くにしろ、皇国に行くにしろ、移動手段を確保して、現地の宿も確保しないといけないですから。お父様は出かけたがると思いますが、今年は家でゆっくりするしかないかと」

「まぁ、それはそれでいいけどな」

帝国に目立った動きは見られないが、仕掛けてくるならそれなりの準備をしてくるだろう。

学院がないなら、ゆっくりとそれを探るのもありだ。

まぁ、そういうのはヴァレールの得意分野だし、探ってわかるものかというと、そうでもない。

前回のように大規模な軍隊が動くなら予兆がある。それを見つけることはできるだろうが、帝国軍は再建中。

動くなら親衛隊だろう。

さすがに皇帝の側近中の側近である親衛隊の動きを掴《つか》むのは難しい。

こちらができることは、いつ相手が動いても対処できるようにしておくことだけ。

結局は侵攻する側と侵攻される側。

後手に回ってしまうのはしょうがない。

「……レナさんはどこかに出かけたいの？」

「そうですね。できるなら家族で旅行がしたかったです。お父様はそういうのが好きですので」

「なるほど……」

顎に手を当てて、エニスがなにやら意味深に呟く。

なんだか嫌な予感がしつつも、俺はその呟きをスルーしたのだった。

7

三週間の長期休暇。

荷物をまとめて実家に帰った俺とレナを待っていたのは、浮かれた父上だった。

「よく帰った！　そして旅行じゃ‼」

「は？」

　複数の大きな鞄《かばん》を馬車に載せ、父上は帰ってきたばかりの俺たちを促す。

「ほれ、馬車に乗らんか」

「いや、父上……」

「お父様……旅行ってどちらに……？」

「おお、言ってなかったな。皇国の宰相より招待を受けた。あの男と会うのも十二年ぶりか。懐かしいのぉ」

「宰相って……父上をなぜ⁉」

「今後のことについて話したいそうじゃ。それと」

　父上が俺の肩に手を回してくる。

「宰相のご令嬢と仲良くなったそうじゃな？　ご令嬢から話を聞いて、宰相はお前にも会ってみたいそうじゃぞ？　さすがワシの息子じゃ！　手が早いのぉ！」

「そんなんじゃないですよ！」

「照れるな照れるな。宰相の娘といったら、生徒会長を務める彼女じゃろ？　エニス・エルランジュ。十二天魔導《じゅうにてんまどう》の第十二位。学院で見かけたことがあるが……よい乳をしておったなぁ」

「お父様」

　冷たいレナの声を聞いて、父上が固まる。

そして誤魔化《ごまか》すように大声で笑い始めると、俺とレナの背を押して馬車に乗り込ませようとしてくる。

「そういうわけじゃ！　乗った乗った！　船も向こうが用意してくれた快速船じゃ！　すぐ着くぞ！」

「そんなに至れり尽くせりな理由はなんです……？」

「じゃから、娘と親しいお前に会いたいのだろう？」

「そういうのではなくて……」

「まぁ、本音の部分でいえば今後、帝国がどう動くかワシの考えを聞きたいというのと、ルヴェル男爵家を繋《つな》ぎ止《と》めておきたいと言ったところじゃろう」

「繋ぎ止めておきたい？」

「帝国は大軍勢での侵攻に失敗した。それでもなお、帝国は強国ではあるが三国同盟の強さを認めざるをえんじゃろう。つまり、力押しではなく搦《から》め手《て》で来る可能性が高い。古来より厄介な敵へは調略を仕掛けるのが定石じゃ」

「つまり？」

「ワシの裏切りが心配なんじゃろう」

まぁ、それには同意だ。〝灰色の狐《きつね》〟と言われるだけあって、父上は生粋の謀略家だ。

大事なのは自分の領地や家族であって、国ではない。

三国同盟締結のために父上は全力を尽くした。普通なら裏切るはずがないと思うが、父上は

常人ではない。奇人の類いだ。

何を考えているかわからないから、会って確かめるというのはわかる。

実際、剣聖と大賢者という俺の活動がなければ、父上がどういう動きをするかはわからない。

三国一の知恵者であり、三国一の曲者《くせもの》。

それが俺の父、ライナス・ルヴェルであり、それゆえに父上は警戒されている。敵からも、味方からも。

「実際、調略はもう来ておる。懇意の商人を通じてな」

「どんな条件でしたか？」

「大公国をくれてやる、という話だった。無論断った。大公国など欲しくはない。それに盗《と》ろうと思えばいつでも盗れる」

冗談とも本気ともつかない口調で父上は告げる。

俺とレナは同時にため息を吐《つ》いた。

この父ならやりかねないからだ。

■■■

ルヴェル男爵領にある港から快速船を使い、皇国の港へ行き、そこで一泊。

朝になって特注の馬車で皇都へ向かい、夕方になってようやく皇都・レミスにたどり着いた。

「うわぁ……」

魔法の国、ルテティア皇国の皇都・レミスは煌《きら》びやかな都市だ。

当たり前のように魔法が都市機能の一部として組み込まれている。建築様式も大公国とはだいぶ違う。

アルビオス王国が質実剛健な国であるなら、ルテティアは文化的に洗練された国というべきだろう。目新しさにレナはずっと目を輝かせている。

「相変わらず豪華な都市じゃな」

「街灯も魔法ですね！　魔導具の店もあります！」

「今日はさすがに遅いから、街を回るなら明日だな」

「祭りもあるらしいぞ？　しっかりと楽しめ。なにしろ宰相直々の招待じゃからな。ワシらは賓客というわけじゃ」

ニヤリと父上は笑う。あの顔は好き勝手やる気の顔だ。

「こんなに素敵ならリアムお兄様も連れてきたかったですね……」

「あやつは城の仕事で忙しいからのぉ。それに宰相にはくれぐれも失礼のないようにと、釘《くぎ》を刺してきおった。頭から外交という言葉が離れんようになっておる。来ても楽しめんじゃろう」

「まぁ、兄上は楽しめないでしょうね。今は特に」

帝国を撃退し、三国同盟は勢いに乗っている。けれど、足並みはバラバラだ。この機に乗じて攻め込むべきという意見もあるし、守りを固めるべきという意見もある。

外務大臣の補佐官であるリアム兄上は、その調整に日々苦労している。来てしまえば、間違いなく仕事の話になるだろう。とても休暇にはならない。

「我が息子ながら損な性格じゃ」

「貴重な人です」

「それは認める。あやつがいて、城の者たちも助かっておるじゃろう」

「でしょうね。兄上は優秀ですから」

「それじゃあ、あやつのために少しは印象をよくしておくかのぉ」

馬車が止まった。

父上は服を正すと、いち早く馬車を降りる。

着いたのは豪勢な屋敷だった。

そこは宰相の別邸だ。最上級の賓客をもてなすときだけに使われる。

馬車を降りた父上は、杖《つえ》を突きながら前に進み出る。

そんな父上を出迎えたのは金髪の男。

皇国の宰相にして皇王の弟でもあるシメオン・エルランジュだ。

「ようこそお越しくださいました、ルヴェル男爵」

「お招きいただき感謝いたします、エルランジュ宰相閣下」

「こうしてお会いするのは十二年ぶりですかな？」

「そうですな。お互いに少々、老けましたなぁ」

「いやいや、男爵もまだお若い」

「宰相閣下には及びません。変わらず色男でなにより。皇国の女性は目の保養をするのに困らなそうだ」

がっちりと握手しながら、和やかな再会の挨拶が交わされる。

さも旧友のような再会だが、二人が直接会ったのは十二年前。

父上が王国と皇国の過激派を一掃するために、計略を発動させた時期だ。

裏で糸を引いていたのは、両国の穏健派。三国が協力するためには過激派が邪魔であり、どうしても排除する必要があった。

それを実行に移したのが父上であり、後ろ盾が宰相。二人は謀略仲間ということだ。

互いに互いを利用して、目的を達した者たち。

かたや失敗すれば切り捨てる気であったし、かたや失敗すれば責任を擦《なす》り付ける気であった。

それなのにこうして笑顔で語り合えるあたり、たいした食わせ者どもだ。

「ところで、後ろにおられるのがご子息とご令嬢かな？　ルヴァル男爵」

「紹介が遅れましたな。息子のロイと娘のレナです」

「ロイ・ルヴェルです」

「レナ・ルヴェルです」

俺とレナは深く頭を下げる。父上はなぜか対等のように話しているが、こちらは小国の弱小貴族で、相手は大国の宰相だ。

決して対等ではない。

だが。

「なるほどなるほど。レナ嬢はお美しい。今からうるさい虫がつきそうで悩みものですな？」

「わかってくださいますか？」

「私も同じ悩みを抱えておりますから。君がロイ君か。娘から話は聞いているよ」

そう言って宰相は右手を伸ばしてくる。

俺は恐る恐るそれを握り返すが、宰相はいきなり俺の手を握り潰さんと言わんばかりに力を込めてきた。

「こ、光栄です……宰相閣下……」

「娘とはずいぶん仲が良いようだね？」

「か、会長には……大変お世話になっております……」

まずい。これは確実にうるさい虫だと思われている。

顔に笑みを貼り付けつつ、なんとかエニスの名前を呼ぶことを避ける。ここで名前を口に出したら火に油を注ぐことになっただろう。

「ぜひ、皇国を楽しんでいってくれたまえ。くれぐれも……羽目を外さないように」

「はい……」

怖いよ。

とても学生に向ける目とは思えない。

これは父上と同種だ。娘に甘いし、娘に近づく悪い虫を徹底的に排除するタイプの父親だ。

厄介なことになった。

まさか宰相にここまで目をつけられるとは。

一体、どんな風に話したのやら。

あとで問い詰めないと、と心の中で決意しながら、俺はやっと放してもらった手を振るのだった。

8

「いらっしゃい、ロイ君」

白いワンピースという私服姿のエニスが部屋の中にいた。

笑顔を浮かべているし、悪気はないんだろう。

けれど。

「え？　どうかした？」

黙って近づいてくる俺を見て、エニスは首を傾《かし》げる。

わかっていないようだ。事の深刻さを。

だから俺はそっと両手をエニスの頬《ほお》に伸ばして。

「えぇぇぇ!?　いたぁい！　いたぁい！　なぁにぃ!?」

「余計なことしか言わない口はこの口ですか？」

「ごめぇ〜ん、あやまぁるぅかぁらぁ……ひぃっぱらぁなぁいぃでぇ！」

「何を謝るかわかってるんですか？」

パッと手を放すと、エニスが自分の頬を摩《さす》りながら後ずさった。

そして、しばらく考えたあと。

「……皇国に招待したこと？」

「もう一度やりますか？」

「待って！　待って！　考えるから！」

慌てた様子でエニスは手を振る。もう一度はさすがに嫌らしい。

そして、だいぶ考えたあと。

「……わかりません……」

「素直でよろしい」

わからないことをわからないと言えるのは美徳だ。

そしてわからないことを責めても仕方ない。

「お父上にどういう説明したんです？　俺について」

「ロイ君のこと？　仲良くなった男の子って紹介したわよ？　生徒会長補佐になってくれて、いつも一緒にいてくれるって」

「はぁ……」

そんな説明を愛娘《まなむすめ》から受けたら、宰相が俺を悪い虫扱いするのもわかる。

やれやれ。

これから皇国でお世話になるっていうのに、厄介な相手から睨《にら》まれてしまった。

「え？　駄目だった……？」

「宰相閣下はあまり俺のことを好ましく思っていませんね」

「お父様が？　そんなに良い子ならぜひ会いたいって言ってたのに……」

「自分の娘に近寄る悪い虫を見定めてくれる、って感じですね」

父親として、その反応は正しい。

なぜなら。

「俺はルヴェル男爵家の人間ですからね。打算で近づいたと思われても不思議じゃありません」

「そんな！　ロイ君はそんな人じゃないのに！」

「ルヴェル男爵家っていう家名がそう思わせるんです。ましてや、宰相閣下は父上の恐ろしさを知っている。息子の俺を警戒するのは当然でしょうね」

「……抗議してくるわ」

エニスはムッとした表情で歩き出す。

そんなエニスの手を俺は摑《つか》んで、制止する。

「無駄ですし、これ以上、事態をややこしくしないでください」

「でもぉ……」

「でもじゃありません。俺に害がないことを証明するしかないですね」

「証明ってどうやって？」

「まぁ、誠実さをアピールするとか、エニス先輩に……その、余計なちょっかいをかけることはしないってアピールするとか。そんなところですね」

「それなら心配ないわ。ロイ君は誠実だし、私に手を出すことはしないわよ。そういう気ならとっくの昔に襲われてるもの」

あっけらかんとエニスは答える。

人がぼかしているのに、手を出すとか、襲うとか言わないでほしい。

ただ、それはエニス目線での話。

「宰相閣下はエニス先輩のストレスを知りませんし、ストレス発散方法も知りません」

「それはそうだけど……」

「まぁ、そういうことですから。宰相閣下に睨まれるような行動は慎んでくださいね」

「はぁい……」

わかってるのか、わかってないのか。

少々、不安を感じつつ、俺とエニスの話し合いは終わったのだった。

■■■

ルヴェル男爵家は宰相の別邸で過ごすことになった。

もちろん、父上への最大限の配慮だろうが、同時に娘に近づく若造の監視も兼ねているのだろう。

「ここで好きにお過ごしください、ルヴェル男爵。まずは長旅の疲れを癒やし、真面目な話は数日後にしましょう」

「感謝いたします、宰相閣下」

長いテーブル。

上座には宰相が座り、少し離れて宰相から見て右側に父上と俺。父上と対面する形で左側にはレナが座っている。

テーブルには豪勢な夕食が並べられているが、エニスはまだ来ていない。

「娘は申し訳ない。十二天魔導《じゆうにてんまどう》としての仕事が入っておりまして」

「いえいえ、十二天魔導の一員なら多忙なのも仕方ない。しかし、せっかく帰省したご令嬢とゆっくりできないのは悲しいですなぁ」

「仕方ありません……あの子は皇国の希望ですから」

「将来の大賢者と目されておるとか。特に皇王陛下はそれを望んでおられるそうですな」

「……陛下は十二天魔導と協調することを嫌っていますので」

「明確な上下関係を欲しているというわけですな。気持ちはわからんでもありませんが、実力者は大抵、曲者《くせもの》。それは難しいですな。王国も剣聖の自由さには手を焼いているようです」

「とはいえ、王国の七穹剣《しちきゅうけん》は王に忠誠を誓っています。対して、十二天魔導は自由な魔導師たち。第一に魔法があって、国益や王の命令は二の次です。その在り方に不満を持つ貴族は多いのですよ」

「難しい問題ですな。それらを解決するために、王家の血を引く者が大賢者になる、ということですな？　再度、王家に最強の魔導師の称号を取り戻す、と」

「そう望んでいる者が多いという話です。かくいう私も娘が大賢者になる姿は見たくありますが……最近ではそれが娘を苦しめているのではと考えています」

「ほう？　それはどうしてですかな？」

俺とレナは黙って食事を進める。大人の会話だ。子供が口を挟むことではない。

しかし、意外だ。あの宰相がそんな風に考えているとは。

「大賢者エクリプスに幾度か娘を弟子に、と頼んでみました。けれど、エクリプスは向いていないと言うだけ。正直、私にはわけがわからなかった」

その言葉を聞いた父上はチラリと俺のほうを見る。

そして。

「それは言葉足らずですな。まぁ、魔法の研究が第一な大賢者ならば仕方ないかもしれませんが」

前半は俺に向けた言葉だ。わかっている。けれど、説明している時間もなかった。

大賢者として皇都にいるときは、だいたい任務帰りだ。つまり、学院に戻る時間が迫っている場合がほとんどだ。

そうなるように仕向けたのは父上なのだから、文句を言われる筋合いはない。

「あの男は何を考えているかわかりません。理解しようとするだけ無駄でしょう。常人とは違う場所に立っている男ですから。しかし、あの男が向いていないと言うなら、それは事実なのでしょう。向いていなくとも、それでもと娘が目指すなら止めませんが、こちらが大賢者にと過度な期待をかけるのは違うのではと考えるようになったのです」

「宰相閣下はよい父親であられる。見習いたいものですな」

父上はそう言って微笑《ほほえ》む。

今のは父上的にポイントの高い言葉だったらしい。

そんな会話の後、少ししてエニスがやってきた。

服はなぜか学院の制服だ。

「遅れてしまい申し訳ありません。ルヴェル男爵。エニス・エトランジュと申します」

「いやいや、お会いできて光栄だ。息子と娘がいつもお世話になっております。エニス嬢」

「ご苦労だったな、エニス」

「いえ、十二天魔導として当然です」

そう言ってエニスはなぜか俺の右側の席に座った。

エニスの席は宰相から見て左側。レナの隣だ。

「エニス先輩……？」

「ここで食べるわ。食器を用意してくれる？」

使用人にそう伝えながら、エニスは気にした様子もなくくつろぎ始めた。

「いや、エニス先輩。席はあっちでは？」

「あそこだと遠いもの。喋《しゃべ》るのに不便でしょ？」

なにもわかってない様子で、エニスは告げる。

俺を見る宰相の目が少し鋭さを増した。

頬を引きつらせていると、レナと視線が合った。

知りませんと言わんばかりに視線を逸《そ》らされて、俺は孤立無援となった。

隣で父上はニヤニヤ笑っているし。

「陛下がパーティーに出席する際には、十二天魔導が一人は護衛につくことになっているの。ずっとドレスだったし、疲れたわ」

そう言いながらエニスは自然な動作で胸元のボタンを開けた。

深い谷間が露わになり、父上は感心したような表情を浮かべ、レナは驚愕《きょうがく》しながら自分と比べている。

これはストレスが溜《た》まった結果だろうな。自然と出てしまうストレス発散の露出癖。

原因は護衛についていたパーティー。よほどストレスの溜まる仕事だったんだろう。

「エニス先輩」

「なに？」

「堅苦しい服装が嫌なら楽な服に着替えてきてはどうです？　俺たちに合わせる必要はありませんから」

俺やレナは基本的に制服だ。長旅で大量の着替えを持ってくるわけにもいかなかったし、制服でいるのが一番楽でもある。

エニスが制服を着てきたのも、俺たちに合わせてだろう。

だから、別に合わせる必要はないと言った。

けれど、そうなると遅れたうえに着替えに行くことになる。

そんなことしていたらみんな食事を終えてしまうだろう。

俺の言わんとすることを察して、エニスは唇を尖《とが》らせながら胸元のボタンを閉じた。

「わかったわよ……」

着替えに行くのが嫌ならちゃんとしろ、という俺の言葉の意味を正確に理解したエニスは、ため息を吐《つ》く。

その行動のせいか、少しだけ宰相の俺を見る目が柔らかくなったようだった。

■■■

夕食のあと。

部屋に戻ろうとした俺を宰相が呼び止めた。

「少しいいかな？　ロイ君」

「なんでしょうか？　宰相閣下」

「気のせいなら申し訳ないのだが……もしかしてエニスは君に迷惑をかけていないだろうか？」

さすが父親というべきか。なかなか良い着眼点だ。

「迷惑というほどのことはありませんが……エニス先輩なりにストレスは溜まっているかもしれませんね。そのせいで普段は取らないような行動を取ることは、たまにあります」

「そうか……あの子は子供の頃は人見知りでね。昔から親しい人といないと落ち着かない子だった。子供の頃は仲の良い友人もいたのだが……最近ではそういう友人はほとんどいない。悩みを相談できる友人というのは貴重だ。君がそうなってくれるなら、あの子もストレスを感じずに済むかもしれない。いや……贅沢《ぜいたく》な物言いだった。あの子がストレスを感じているなら、原因は私だ。君に頼むのはおこがましいな」

「……努力はします。できるかぎり」

「……ありがとう。気にかけてあげてくれ」

そう言って宰相は立ち去った。

親しい友人。たしかにエニスととりわけ親しいという人は見たことがない。エニスが広く浅くというスタンスで人と付き合っているからだろう。

子供の頃は人見知りだったというなら、そういう部分がまだ残っているのかもしれない。

宰相の言う通りなら、エニスに必要なのは悩みを話せる友人。今はその位置に俺がいる。

できるなら、そういう人を増やしてあげたいが、すぐには無理だろう。

まぁ、方向性はわかった。

傍《そば》にいてあげる。悩みを聞いてあげる。当たり前のことだ。しかし、エニスにとっては当たり前ではない。

十二天魔導であり、剣魔十傑《けんまじっけつ》であり、宰相の娘であり、皇王の姪《めい》。

肩書きが重すぎる。対等な者などほとんどいない。

誰もがエニスと自然と距離を置く。嫌いだからではない。どうしてもそうなってしまうからだ。

だからこそ、気を遣わずに傍にいてあげる。

それがエニスのストレスを和らげてあげられる唯一の方法だ。

9

早朝。

皇国と帝国との国境。

そこに魔導人形の一団が攻め込んできた。

その迎撃に出たのは大賢者である俺だった。

「迸《ほとばし》れ、神威の雷光——【神雷槍《ケラウノス》】」

おそらく人形遣いの魔導人形。

けれど、その強みは集団戦。

一体でずば抜けた強さを誇るわけではない。一線級の猛者《もさ》レベルが複数いるのが強みだ。

そういう相手は、相性という点では剣聖よりも、大賢者のほうがよい。

気にせず吹き飛ばすことができるからだ。

「完全に威力偵察……何を狙っているのやら」

空から魔法を放ち、一撃で魔導人形の一団を壊滅させた俺は、一人で呟《つぶや》く。

本気で侵攻するならこの程度なわけがない。

時間稼ぎという線もあるが、親衛隊がそんな地味なことをするとは思えない。

おそらく本格侵攻前の威力偵察。剣聖と大賢者。

三国同盟の要はどんなもんなのか、というのを知るための襲撃。

どちらも一筋縄ではいかないという印象を与えたとは思うが、それで諦める相手でもないだろう。

「しばらく大人しくしててほしいもんだがな」

とはいえ、状況はこちらの望む方向に進んでいる。

大規模な軍隊による侵攻ができない以上、皇帝は親衛隊に頼った。

親衛隊は帝国最強。虎の子だ。

奴《やつ》らが皇帝の周りにいる以上、皇帝の暗殺は実行できない。

なぜなら、俺の師匠である先代剣聖と先代大賢者がそれを試みて、返り討ちにあっている。

二人が俺という後継者を必要としたのは、その敗戦があればこそ。

あの二人が協力しても突破できない親衛隊。今の俺でも苦戦するだろう。

だから、一人ずつ排除する。

ただ、奴らは一人一人でも十分すぎるほど化け物で、相手をするのは骨が折れる。

「周りに被害が出ないといいけど……」

俺と奴らがぶつかり合ったら、その周辺は無事じゃ済まない。

奴らを誘い出すということは、それだけ俺の守りたいモノの近くで戦うということだ。

これしか手がないとはいえ、困った話だ。

そんなことを思いながら、皇都へ帰還するのだった。

■■■

「敵の魔導人形部隊は壊滅させた」

「さすがだな、エクリプス」

俺からの報告を受けて、宰相は頷《うなず》く。

浮かれないのは帝国の動きにしては小規模だから。

何か裏があると思うのが普通だ。

「また異変があれば頼む」

「……宰相」

いつもならこのまま去るところだが、俺はあえて宰相に声をかけた。

少し気になることがあったからだ。

「なにかな？」

「……十二天魔導《じゅうにてんまどう》の仕事の分担はどうなっている？」

十二天魔導は気ままな魔導師たちの集まりだ。自分の魔法を高めることを優先する者たちが多く、それが尊重される。

その筆頭が俺であり、独立性の高い組織といえるだろう。

ただ、そうはいっても皇国最強の魔導師集団だ。王の護衛や重要拠点の防衛などは十二天魔導が務める。

それが義務だからだ。それはわかっている。

けれど。

学院でエニスの予定表を見たとき、不自然なほど仕事が多かった。大賢者として国境守備に駆り出されている俺は、帝国襲撃時だけの出撃だ。

しかし、エニスはそういう仕事はしていない。その代わり、民への顔見せや王の護衛、辺境の魔物討伐、行事の際の演出などの細々とした仕事がかなり入っていた。

ある意味、十二天魔導の雑務をエニスは一手に引き受けているようだった。

「珍しいな、興味があるのか？」

「たまたま知る機会があっただけだが……ご令嬢にずいぶんと仕事が偏っているようだが？」

「それは……その通りだ。エニスには申し訳ないが、陛下はエニスが護衛につくことを好んでいるし、民への顔見せもエニスが一番、効果的だ。そのため、エニスに仕事が偏ってしまっている」

「彼女は学院で魔法を学ぶ学生の身のはず。極力学ぶことに集中させたほうがいい。大賢者にと期待するならば、な」

「それはその通りだ。しかし……」

これは宰相だけの問題じゃない。

皇王がエニスを気に入り、そして使うことに躊躇《ためら》いがないのが原因だ。

エニスは宰相の娘で、王にとっては姪。最も使いやすい十二天魔導だろう。さらにエニスは仕事を断らない。

断ることで困る人たちがいることを知っているからだ。

立派なことだが、それで本人がパンクしてしまっている。

この問題についてはロイ・ルヴェルでは解決できない。

「王には私から言っておこう」

「逆効果かと思うが？」

「言い方による。エニス嬢の魔法に進歩がないと伝えれば、王は焦るだろう。あとは宰相のもって行き方次第だ」

「なるほど、たしかに有効そうだ。だが、十二天魔導としての仕事がなくなるわけではない。その仕事はどうする？」

「対処する。聞いていたな？　ヴァレール」

俺の言葉を受けて、音もなく部屋に金髪の男、ヴァレールが現れた。

その顔はやや不満そうだ。

「俺は便利屋ではないんだが？」

「未来ある若者のためだ。動け」

「珍しいな？　一人に執着するなんて。エニス嬢を気に入ったか？」

「皇国にいれば……嫌でも彼女への期待を耳にする。弟子にする気はないが、劣悪な環境くらいは変えてやろうと思っただけだ」

「劣悪な環境ね……まぁ、言い得て妙か。ほかの十二天魔導とは仕事量が雲泥の差だからな。王は学院にいるエニス嬢をたびたび皇国に呼び戻したりもしている。なんとかするべきだとは思っていた」

「ほかの十二天魔導に声をかけておけ。私からの指示と言えば動くだろう」

「大賢者様のありがたいお言葉があれば、ほかの奴らも動くだろうが……貸しと取られるぞ？」

「好きに思わせておけばいい」

「お前がそう言うならいいだろう。俺たちばかりが働いていると、俺も思っていたところだ」

ヴァレールは三国一忙しい男だ。あらゆる諜報《ちょうほう》活動を一手に引き受けており、さまざまな顔を持ち、さまざまな場所に顔を出す。

もっとも勤勉な十二天魔導といえるかもしれない。

そんなヴァレールが、研究ばかりしている奴らはもっと働けと思ってもおかしくない。

「では、頼んだ」

「了解した」

そう言ってヴァレールは姿を消す。

そのまま俺は踵《きびす》を返す。話は終わったからだ。

「エクリプス」

「なにかな？」

「……感謝する」

「後輩の面倒くらいは見るべきだと思っただけだ。それと、彼女は優秀だ。魔導師として優れている。それは間違いない。けれど、規格外ではない。理不尽な物量や圧倒的な敵を相手にする大賢者には……向いていない。そういう意味で向いていないと言った。誤解がないように」

「なるほど……それが大賢者としての見地か」

「残念ながら、な。帝国との戦争が終われば、彼女のような大賢者も生まれるだろうが、今は戦時中。想定される敵は帝国であり、帝国に対抗できない魔導師は大賢者にはなれない。万能な魔導師は敵が弱い場合は問題ないが、圧倒的な強者が相手の場合は攻撃が通じない。だからこそ、今は尖《とが》った魔導師のほうが大賢者には向いている」

「わかった。説明してくれて感謝する。すっきりした」

宰相は笑顔を浮かべる。

それは娘を想《おも》う父親の顔だ。

これでエニスへの期待が解消されるわけじゃない。けれど、宰相は過度な期待をしなくなるだろう。

身内からの期待が落ち着き、さらには仕事量も減る。エニスのストレスもだいぶ軽減されるはずだ。

「それでは失礼する。忙しい身なのでな」

そう言って俺は部屋を去り、転移で宰相の別邸へと戻ってくる。

今日はなにやらパーティーがあるらしく、朝からその準備だ。

学生やって、大賢者やって。

いつものことだが、暗躍するのも楽じゃない。

10

エニスの部屋の前。そこで俺は壁に寄りかかっていた。

ここにいなければいけないからだ。

「これはどうかしら？」

部屋の扉が開けられて、深紅のドレスに身を包んだエニスが現れた。

胸元は大きく開いているし、背中も出ている。

スタイルのいいエニスは何を着ても似合っているが、こんなドレスでパーティーに出たら宰相が頭を抱えるだろう。

「露出が多すぎます」

「そうかしら？　ドレスは露出が多くなるものよ？」

「それでもです。それにエニス先輩は淡い色のドレスのほうが似合うと思いますよ」

「そう？　それじゃあやめておくわ」

そう言ってエニスは部屋に戻っていく。

今やっているのはエニスのドレス選び。かれこれ三十分はやっている。

けど、まだまだかかりそうだ。

「それじゃあ……これはどう？」

部屋の扉が開いて、白いドレスに身を包んだエニスが出てきた。

似合っている。けれど、大胆すぎるスリットが入っている。

太ももが惜しげもなく晒《さら》されていて、これはこれでまずいだろう。

「露出を控えたドレスはないんですか？」

「これも駄目？　良いと思うんだけど……」

「もう少し大人しめなやつにしましょう」

「十分大人しいわ」

「もっとです」

「そんなこと言うならロイ君が選んで」

ムッとした表情を浮かべると、エニスは俺を部屋に引きずり込む。

部屋の中には無数のドレスが飾られていた。

エニスのために用意されたドレスだ。この中から好きに選んでいいそうだが。

「俺が選ぶんですか……？」

「私が選ぶモノは全部却下するじゃない」

「露出を控えましょうって言ってるだけです」

「だから露出の少ないものを選んで」

拗《す》ねた様子でエニスは告げる。どうやら何度も却下したせいで、へそを曲げてしまったらしい。

まぁ、あの様子じゃいつまで経《た》っても埒《らち》が明かないし。俺が選んだほうが早そうだ。

とはいえ、エニスのドレスだ。変なものは選べない。

今日の夜に開催されるパーティーは戦勝祝い。大賢者エクリプスが四十万の帝国軍を壊滅させたことを祝うパーティーだ。

次の日には皇都全体で祭りも行われる。

式典には多くの貴族が集まり、皇王も出席するそうだ。

センスのないドレスでエニスを出席させたら、宰相のメンツまで潰すことになる。

まぁ、ここに用意されている時点で一級品のドレス。どれを選んでもハズレということはないだろうけど。

そんな風に思っていると、一着のドレスに目が留まった。

特にこれといって特徴のあるドレスじゃない。質素といってもいいだろう。

装飾も最小限だし、露出もない。ごくごく平凡なドレスだ。

ただ、色鮮やかなエメラルドグリーンのドレスだった。

それを手に取り、俺はエニスに手渡す。

「これにしましょう」

「これ？　もっと良いドレスはいっぱいあるわよ？」

「そうかもしれませんが……エニス先輩の瞳と同じ、綺麗《きれい》な緑色のドレスです。よく似合うと思いますよ」

軽く笑うと、エニスは少し顔を赤くする。

そして。

「ロイ君って……女の子にいつもそんな感じなの？」

「そんな感じってどんな感じです？」

「……気をつけたほうがいいわよ」

それだけ言うとエニスは俺の背を押して部屋から追い出す。

何を気をつけろというのやら。

しばらくして、部屋の扉が開く。

瞳と同じ色のドレスを身に纏《まと》ったエニスがそこにいた。

豪華な装飾やデザインは必要ない。

エニスの綺麗な金髪がよいアクセントとなり、とてもよく似合っていた。

「お似合いですよ」

「そ、そう？　それじゃあこれにするわね」

早口で言うとエニスはまた部屋に戻ってしまう。

とりあえず、これでドレス問題は解決だな。

ただ、過度な露出をしようとするあたり、いまだにストレスが溜《た》まっているのも事実。

そしておそらくだが、ストレスの要因は皇王。

なんとかしないとエニスのストレスが緩和されることはないだろう。

■■■

「さて、どうしたもんかね」

「ロイ君⁉」

広いパーティー会場の一角にて。

着慣れていないタキシードに辟易《へきえき》していると、俺の名を呼ぶ意外な人物と遭遇した。

アネットだ。

赤いドレスに身を纏ったアネットは、普段とは違って貴族に見える。

まぁ、没落しているとはいえ貴族であることに変わりはないのだけど。

「アネット、どうしてここに？」

「あの……後見人のおじさんが出ろって……」

アネットの後見人は十二天魔導《じゅうにてんまどう》の第七位、風魔のヴァレールだ。

あの男はアネットの才能を見抜き、家族の面倒まですべて見ている。

そのヴァレールがアネットにこのパーティーに出席しろと言うとは。

「人脈作りか？」

「そうみたい……学院での戦いで活躍したから覚えてもらえるって……」

何度か頷《うなず》きつつ、アネットは緊張した様子で話す。

貴族の娘とはいえ、アネットの暮らしはとても貴族とは呼べない。名ばかりの没落貴族なため、平民よりも下だった可能性すらある。

「ロ、ロイ君はこういうパーティーの経験ってある……？」

「あるわけないだろ？　ルヴェル男爵家は大公国じゃ敬遠されてるからな」

「あ、あたしもほとんど経験なくて……昔に礼儀作法を習ったくらいで……」

「俺も似たようなもんだ」

そう答えつつ、周りを見渡す。

挨拶回りに行くと言って、エニスが離れてからしばらく経っている。

父上はレナを連れて、あちこちを回っているし。

知り合いらしい知り合いは俺もいない。

「エニス先輩が帰ってくるまでジッとしているのが一番だろうな。エニス先輩ならいろいろと人を紹介してくれるはずだ」

「そ、そうだね」

完全にガチガチだ。

プレッシャーもあるんだろう。

ソニエール伯爵家は没落した。けれど、炎の大家として名を馳《は》せた名家でもある。アネットはそれを復活させることを望んでいるし、そのためには多くの人の手助けが必要だ。

ここはそういう人脈作りの場。

失敗は許されない。

どうにか緊張をほぐそうと思ったとき。

「失礼を。麗しいご令嬢。お名前を聞いてもよろしいでしょうか？」

背の高い若い男性がアネットに声をかけてきた。

いきなり声をかけられたアネットは驚きながらも、なんとか答える。

「ア、アネット・ソニエールと申します……」

「ソニエール？　聞かない名だな」

「あ……」

男はしばしば考え込んだあと、思い出したかのように笑う。

「ソニエールというのはソニエール伯爵か？　あの没落した貴族がどうしてここに？　やめてくれよ。声をかけて損をした」

「……」

「なんでこんな没落貧乏貴族がこの場にいるんだ？　誰が入れた？　頼むよ、貴族の真似事《まねごと》はよそでやってくれ」

相応《ふさわ》しくない。

そんな様子で男が笑うと、周りにいた者も笑った。

見ていられなくて、一歩前に出ようとするが。

アネットがそれを制した。

「大丈夫……だから」

「けど」

「相応しくないのは事実だから……」

今は耐えるとき。

ここで問題を起こせば、次がなくなる。笑われてもいい。誰か一人と仲良くなれば、それが人脈となる。

肩を震わせながらアネットは耐えていた。

それを見て、俺は眉を顰《ひそ》めつつ、アネットの手を引いてその場を離れた。

逃げるようでかっこ悪いが、あの場にいるのはアネットにとって毒だ。

「ロイ君？　それにアネットさんも」

「あ、エニス先輩」

アネットの手を引き、歩いているとエニスとばったり遭遇した。

エニスはすぐにアネットの様子がおかしいことに気づき、顔を覗《のぞ》き込む。

「大丈夫？　アネットさん」

「大丈夫……です」

「……エニス先輩。少しアネットをお願いしてもいいですか？」

「構わないけれど、どうかしたの？」

「父上に少し話がありまして」

「わかったわ。さぁ、アネットさん。こっちへ」

エニスに連れられて、アネットは俺の傍《そば》を離れる。

それを確認して、俺は父上の下へ向かうフリをして、そっとパーティー会場を離れたのだった。

11

十二天魔導《じゅうにてんまどう》は王国の七穹剣《しちきゅうけん》と比べて自由な組織だ。

それは俺にとって都合が良かった。けれど、その自由さゆえにエニス一人に負担が集まってしまっている。

それを解消しようと思えば、大賢者である俺が姿勢で示すしかない。

元々、このパーティーでそれを示すつもりだった。

パーティー会場を離れた俺は、大賢者エクリプスとしてパーティー会場を訪れた。

「く、黒の大賢者……エクリプス様⁉　なぜここへ⁉」

「招待状が届いていた」

警護に立っていた魔導師が驚き、声をあげる。

俺がこんな場所に来ることは今まで、一度もなかった。

だから。

「だ、大賢者エクリプス様！　ご到着です‼」

俺の会場入りは多くの者を驚かせた。

「なんだと⁉」

「あの変わり者が⁉」

ざわつく会場。それを気にせず、俺は歩き続ける。

目的は皇王だ。

「――陛下にご挨拶を」

「う、うむ……」

皇王、ルシアン・ヴァン・ルテティアは緊張した面持ちで頷く。このような場で俺が挨拶するのは初めてだから。

「国境の調査のため、すぐに発《た》たねばなりません。ですが、私の戦勝を祝うパーティーとお聞きしたので、ご挨拶だけでもと寄らせていただきました」

「そ、そうか……ご苦労」

「これからも、此度《こたび》以上の戦勝報告を陛下と皇国のためにお届けすることをお約束しましょう。帝国など皇国の魔法の前では無力と私が証明いたします」

「そうだ！　その意気だ！　お前のそういう言葉を私は聞きたかった！　頼もしいぞ！」

「はっ。それではこれにて。ご挨拶だけとなる無礼をどうかお許しください」

「よい！　よく挨拶に来てくれた！　最後に乾杯だけは受けてくれ！　皇国の英雄に!!」

大賢者エクリプスは帝国を撃退する英雄。その英雄が王の前では頭を下げる。

その光景に貴族は安心し、さすが王だと感心する。ルシアンはルシアンで、その視線を受けて満足している。

ルシアンがグラスを掲げると、会場にいた者たちも続いてグラスを掲げる。

ルシアンが酒を飲み干すのを確認し、最後に一礼すると俺は踵《きびす》を返す。

貴族たちは俺に、ありがとう、頼りにしている、と声をかけてくるが、それらはあえて無視する。

誰にでも反応してしまったら、特別感がなくなる。

ルシアンはこれで大いに満足するだろうし、エニス以外の十二天魔導を使い始めるだろう。

エニスに仕事を任せるのは気に入っているのもあるが、自分に従うから。

大賢者も自分には敬意を払う。ならば、ほかの者もそうだろう、と思うはずだ。ルシアンの性格ならば。

実際、俺が敬意を払えば、ほかの者も表向きは敬意を払うだろう。今後の対応がやや面倒くさいが、いつまでも王との関係が悪化したままというのも隙になる。

大事な一手だ。

そのついでに。

俺は先ほどの仕返しをすることにした。

歩いていた俺はピタリと足を止めた。そして壁際にいるエニスとアネットへ視線を移した。

「陛下の護衛、ご苦労。エニス嬢」

「あ、はい。ありがとうございます。エクリプス様」

「隣にいるのはアネット・ソニエールか？」

「え……？」

大賢者がまさか自分の名を呼ぶと思っていなかったアネットは固まった。

そんなアネットに向けて、俺は言葉を続ける。

「大規模侵攻の際、学院を死守した学生の一人。魔物を一撃で落とし、帝国軍大将とも戦ったと聞く。炎の大家、ソニエール伯爵家の血は途絶えていなかったようだ」

「……」

アネットは両手で口を押さえる。

大賢者は魔導師の頂点。その言葉だけでも大きな影響力がある。

「君の後見人が君を俺の弟子に、と推してきた。宰相はエニス嬢を俺の弟子に、と。どちらもまだ力不足だ。もっと強くなれ。君らには才がある。驕《おご》らず磨け。いつか、共に戦える日を楽しみにしている」

それだけ言うと俺はその場を転移であとにした。


こっそりロイとしてパーティー会場へ戻ると、会場では多くの貴族がアネットを囲んでいた。

アネットの傍にいたエニスはエニスで、王に呼ばれたようでアネットのフォローに動けていない。

チラチラと気にしているが、話しかけているだけで制するのは難しいんだろう。

「アネット嬢、学院での活躍は聞き及んでおります。皇国の若き才能にぜひ、お会いしたいと思っておりました」

「アネット嬢、後見人は風魔のヴァレール殿とお聞きしたが……十二天魔導に認められるとはさすがだ」

さきほどまでアネットの存在に気づきもしなかった者たち。

大賢者から名を覚えられる者は少ない。

名を呼ばれ、声をかけられるというだけで貴重。そして将来有望だ。

今のうちから知り合っておいて損はない。

多くの貴族がそう考えたんだろう。

「早く行け！　お前を会場に連れてきたのは、ああいう若い令嬢と縁を繋ぐためだ！　行け！」

「いや、その……」

さきほどアネットに声をかけた若い男が父親らしき男に急《せ》かされている。

「大賢者に才を認められるということは、十二天魔導の候補ということだ。すでに功績も立てている。失礼のないように、取り入れ。我が家が躍進するチャンスだ！　彼女はまだどの家とも繋《つな》がっていない！　今なら親しくなるのも容易《たやす》いだろう！」

「あの、父上……」

「早く行け！　なにをしている!?」

行けるわけがない。

今更、アネットに取り入るのは無理だ。第一印象が最悪すぎる。

そんな男に追い打ちをかけるために、俺は男に軽くぶつかった。

「失礼」

「おい！　どこを見ている⁉」

若い男は親に言われたい放題でストレスが溜《た》まっていたんだろう。

俺に怒りをぶつけてきた。それに対して俺は冷たい目で男を見た。

「ああ、誰かと思ったら俺の友人であるアネットに、没落貧乏貴族だとか、声をかけて損したとか言っていた人か。失礼しました」

爆弾だけ残して、俺は笑みを浮かべて横を通り過ぎる。

顔面蒼白《そうはく》になった男は、激怒した父親によって会場の外へ連れ出されていく。

ざまぁみろ。

だいぶすっきりして、俺はアネットたちの下へ戻ろうとする。

しかし、周りに貴族が多すぎる。あれじゃ落ち着いて会話もできないし、アネットもテンパってしまっている。

だから。

「アネット、あっちで軽く食事をしよう」

周りにいる貴族たちを無視して、俺はアネットの手を握る。

そして、そのままアネットを連れていこうとするが、もちろん貴族たちは反発する。

「なんだ、君は⁉」

「我々が話していたんだぞ⁉」

「どこの貴族だ⁉」

騒ぐ貴族たちをどうやって黙らせようかと少し思案したとき、杖《つえ》の音が聞こえた。

「ワシの息子が何か……いたしましたかな？」

顔は笑っているのに、声は笑っていない。

貴族たちは振り返り、顔を引きつらせる。

声の主は父上だった。三国一の謀略家。灰色の狐《きつね》と呼ばれる男。

関わってはいけないタイプの人間だ。

宰相の招待で来ている以上、貴族たちは父上のことも承知だろう。

本人も厄介なうえに、宰相の賓客。

「ル、ルヴェル男爵のご子息でしたか……私はこれで失礼を」

「よきご子息をお持ちだ、羨ましい……」

貴族たちが蜘蛛《くも》の子を散らすように去っていく。

ただ、チラチラとこちらの様子を窺《うかが》っているあたり、アネットと誼《よしみ》を通じたいとはまだ思っているようだ。

「アネット嬢、学院での戦闘以来か。覚えているかな？　ロイの父、ライナス・ルヴェルじゃ」

「も、もちろん覚えています！　ありがとうございます！　ルヴェル男爵、助かりました……」

「いやいや、息子が余計なことをしたせいじゃからな」

そう言って父上はチラリと俺を見てくる。

余計なことというのは、大賢者としての行動のことだろう。

「いえ、ロイ君もありがとう」

「いいさ。それより腹すかないか？」

「お腹《なか》ペコペコだよぉ……」

「あっちで軽く食べよう。父上が睨《にら》みを利かせていれば、よほどの人じゃないかぎり寄ってこないし」

「うん！」

元気よく返事をするアネットは、いつもの明るいアネットだ。

よかった、と思いながら、俺は食事を楽しんだのだった。

12

次の日の夕刻。

「楽しみにしてたのにぃ……」

不貞腐《ふてくさ》れた様子で呟《つぶや》くエニス。

今日は祭りの日であり、俺はエニスと共に祭り見学に出かけていた。しかし、すぐに城の者がやってきてエニスに城へ来るように伝えてきた。

呼び出した相手は皇王。

どうやら祭りの演出として、魔法を打ち上げてほしいらしい。

皇都全体で祭りは行われている。この規模の祭りで魔法を使った演出をするには、準備からいろいろとかかるだろう。

つまり、祭り見学はおしまいだ。

「……終わったらまた一緒に回ってくれる……？」

「もちろん。屋敷に戻っています」

「それじゃあ行ってくるわね」

一応の約束。終わるかどうかはわからない。

あまりにも急な命令だ。

皇王のことだ。おそらく思いつき。

民が喜ぶだろうと思っての提案だろうが、それでエニスが割を食うということには頭が回ってない。

しょぼーんと、肩を落としながらエニスは城に向かう馬車に乗り込んだ。

その様子を見て、俺はため息を吐《つ》きながらひっそりと転移したのだった。

■■■

「よく来てくれたな、エニス」

「陛下のお呼びとあれば、どこへでも」

「さすがエニスだ。祭りを盛り上げる演出として魔法を空に打ち上げてほしい。できるか？」

「準備に時間がかかるかと思いますが、できるかと」

「そうか、それでは頼むぞ」

会話を聞きながら、俺はため息を吐く。

こんな要求をこなしているのだ。エニスがストレスを溜めるのも無理はない。

立場上、断るわけにもいかない。

エニスは聡明《そうめい》だ。自分までが王の意向を無視したら、十二天魔導《じゅうにてんまどう》と皇王との間に亀裂が走るとわかっている。

だから、自分が犠牲になっているのだ。

これはさすがに大賢者としての俺にも責任がある。

だから。

「陛下、帰還の挨拶に参りました」

「おおっ！　エクリプス。よく戻った」

「はっ、国境周辺に動きはありませんでした。しかし、油断はできません。帝国がなにをしてくるかわかりませんので、今後も調査は必要でしょう」

「すべて任せよう」

「ありがたく。それと、祭りに魔法を使うという話ですが……今からで良ければ私が担当しましょう」

「なんだと？　やってくれるのか？」

「私の戦果を祝ってのこと。私がやるのが筋でしょうし、民もそれを望むかと」

「それはその通りだ！　それならば任せよう！」

「エニス嬢もそれでよいかな？」

「私はお二人に従います」

エニスはそう言いつつ、少し嬉《うれ》しそうだ。

これで時間ができるからな。

誰だって祭りを楽しんでいるときに仕事を押し付けられたら、嫌な気分になる。

「では、私のタイミングで魔法を放ちましょう。エニス嬢は少し手伝ってくれ」

「かしこまりました」

そう言って俺はエニスを引き連れて、王の間を後にする。

「エクリプス様、手伝いとはなんでしょうか？」

「方便だ。君にほかの仕事が回っては、私が引き受けた意味がない」

「それは……」

「私が王を意図せず蔑《ないがし》ろにしたため、君にばかり負担をかけてしまっていた。以後、改めよう。王と十二天魔導の関係を気にして、無理をする必要はない」

「エクリプス様……」

「今日は祭りだ。楽しんでくるといい」

「……感謝します」

エニスは俺に一礼すると、小走りで走っていく。

そんなエニスを見送ったあと、俺も転移してその場をあとにした。

■■■

空に無数の魔法が放たれ、皇都全体を明るく照らす。

それを行うのは大賢者エクリプス。

最初に民の前に姿を現したあと、姿は見せないが多彩な魔法で民の目と耳を楽しませている。

そしてそれが終わった頃。

屋敷にいた俺の部屋の扉が勢いよく開かれた。

「ロイ君！」

「早かったですね？　エニス先輩」

「代わってもらったの！　今から祭りを回りましょう!!」

満面の笑みでエニスは告げると、俺の手を両手で握って引っ張る。

その笑みを見て、こちらも自然と笑みがこぼれる。

「そんなに急がなくても祭りは逃げませんよ」

「長く楽しみたいの！」

「はいはい」

引っ張られるがまま、歩みを進める。

しばらくの間、そうしていると、ふとエニスは恥ずかしくなったのか俺の手を放す。

そんなエニスに苦笑しながら、俺は自分の左手をエニスに向ける。

「皇都は不慣れですから、道案内を頼んでも？」

「……ロ、ロイ君がそう言うなら」

エニスはおずおずと俺の左手を握ると、少し赤い顔で告げた。

「今日は楽しみましょう！」

俺はそれにゆっくりと頷《うなず》くのだった。

第三章　人形遣い

CHAPTER 03

1

「学院が再開してよかったわ」

「別に再開しなくても平気だったけどな」

三週間にも及ぶ結界の張り替えも終わった。

ただ、急ピッチでの張り替え作業だったため、調整のために何人かの魔導師が学院にはまだ滞在している。ご苦労なことだ。

そんな学院で、俺はユキナといた。

理由はユキナの稽古だ。

「私は困るわ。学べなくなるもの」

「勤勉なことで」

「剣聖から学べる機会だもの。勤勉にもなるわ」

言いながら、ユキナは静かに剣を抜くと、魔剣化を行った。

「魔剣――氷華閃《ひょうかせん》」

剣の刀身が真っ白に変化し、剣も細剣へと変化する。

見た目は華奢《きゃしゃ》な剣。しかし、見た目通りではない。

出会った時点でユキナの魔剣は強力だったが、今はさらに強力なものとなっている。

その証拠に、以前は周りの気温が一気に下がり、吐く息が白くなるほどの変化を見せていたが。

今の周囲の変化は少し寒くなった程度。

「だいぶ力を集約できるようになったな」

「まだ完全じゃないわ」

「これについては慣れるしかないな」

広範囲に影響を及ぼす魔剣というのは、一見すると強力に思える。

実際、多くの者がそういう認識だろう。

けれど、それは力が溢《あふ》れているということでもある。それをより剣に集約させることができれば、魔剣の力は強まる。

「以前も説明したと思うけど、魔剣は魔法の使える剣じゃない。魔剣術を使う剣士の最終奥義だ。一度使えば、必殺。それが理想だ。形成を一気に逆転できるものでなければ、わざわざ使う必要はない。普通に魔法を覚えたほうが早い」

魔剣術は魔導師の魔法に対抗するために生み出された。

その魔剣術の最終奥義が〝魔剣化〟。

それが便利な魔法の使える剣や、様々な状況に対応できる汎用性の高い剣では駄目だ。

高レベルの魔導師は高威力の魔法を有している。それらに肩を並べるのが魔剣であり、そうでなければいけない。

戦術的に有効程度なら、使う意味がない。戦略的に価値があるものでなければいけないのだ。

発動したら強力な武器ではなく、発動したら戦いが終わる兵器。求める理想をはき違えてはいけない。

「言《い》うは易《やす》く行《おこな》うは難《かた》し、ね。見本を見せてくれたらもうちょっとコツが掴《つか》めそうなのだけど？」

「こんなところで俺が魔剣を使ったら、正体がバレかねない。それは却下だ」

「はぁ……」

ユキナはため息を吐きつつ、気を取り直して自分の魔剣へと集中する。

俺とユキナの稽古は単純だ。

魔剣化の際に余剰エネルギーを出さないようにすること。

そして。

「行くわね」

「来い」

俺は剣を抜き、そしてただ構える。

ユキナはそんな俺の剣に対して、突きを放った。

突きは正確に俺の剣を捉え、そして凍らせて破壊しようとする。

剣は俺が全力で魔力強化したものだ。この剣自体は俺の愛剣に遠く及ばない、なんてことない剣だが、破壊しようとするなら相当な猛者《もさ》でも苦戦するだろう。

それだけ俺の魔力強化は強力だ。

だからこそ、これを破壊することがユキナには求められる。

ユキナが行っているのは氷剣華の力を一点に集中させ、剣を内部まで完全に凍らせる作業。

技とも呼べないものだが、その程度のことができないと必殺とはいえないし、上のレベルでは通じない。

攻撃が効かないとなれば、打つ手がなくなる。攻撃が効くというのが格上に勝つ方法だ。

もちろん、生きて帰ってくるには死なないようにする、というのが一番ではあるけれど。

剣は確かに凍り始めている。

ただ、半ばまで凍ったあたりで突然、俺たちの周囲に冷気が放たれた。

力を一点に集中させていたが、それが解けたのだ。

「駄目ね……」

魔剣化を解除して、ユキナは肩を落とす。

息が少し乱れている。

今のユキナにとって、魔剣化したうえで力を一点に集中させるというのは難易度の高い技術だ。

だからこそ、この短時間でユキナは本気で集中して、全力を出した。

その結果が半ばまでの凍結。

「まぁ、上出来じゃないかな」

「半分もいってないわ」

「いやいや、半分も凍らせたなら上出来だろ」

言いながら、俺は剣を振るう。それだけで凍結は解除される。

剣聖の剣を凍らせるというのは、なかなかに難易度の高いことだ。普通じゃ凍ることは絶対にない。俺が込めている魔力に負けて、受け付けないからだ。

ただ。

「まだまだだね」

「自分に厳しいことで、相変わらず」

ユキナからすれば掲げた目標に届いていない、という時点でまだまだなんだろう。

学生のわりにとか、剣聖に対して、とかそういう言葉をユキナは好まない。

剣聖と同じ土俵で話をするし、同じ土俵で勝負しようとする。

なぜなら剣聖を目指しているから。

その目標があるかぎり、最大のライバルは剣聖である俺であり、比較対象も俺だ。

高い目的意識を持つこの学院の生徒の中でも、ユキナは格段にそのレベルが高い。

「しばらくこれの繰り返しだな。回復したらもう一本いこう」

「わかったわ」

「やっていけばコツが摑めるようになる」

「もっと……手早くコツを摑む方法とかないのかしら？」

ユキナらしくない言葉だ。

そんなものあるわけがない。あるならとうの昔にそれを教えている。

今の俺の教え方が最短距離だ。

けれど、そんなことはユキナもわかっているだろう。

例外的な方法をユキナは聞いているのだ。

「稽古ならこれ以外にない。けれど、一つだけ別の方法がある」

「それはなに？」

「命のやり取りの場でコツを摑む方法だ。つまり実戦だな。命が懸かれば人は集中する。そこで人は大きく成長できるんだ。まぁ、多くの場合、コツを摑む前に死ぬけれど」

命の危険を感じるということは、格上と戦うということだ。

そんな戦いを繰り返していたら、命がいくつあっても足りない。

必要に迫られたなら仕方ないが、必要がないならその方法は取らないほうがいい。

命尽きればコツなんて意味がないからだ。

「実戦……私にはまだ早い？」

「君より強い奴《やつ》はゴロゴロいる。最低でも逃げられるくらいの実力を身に付けてから実戦に出たほうがいい」

俺の言葉にユキナは頷く。

それが理想。生きていれば次があるから。

ただ、実戦というのはこちらの準備を待ってくれない。

敵が襲ってきたら戦うしかないのだから。

2

学院が通常通り再開されたわけだが、俺の日常に変化はない。

基本的に昼まで寝ているし、授業にはたまに出る程度。

休んでエニスの監視をしているときもある。

ただ、比較的、エニスの行動は落ち着き始めた。

ときおり、ストレスを感じると突発的な奇行に走ることはあるが、それでも最初に比べたら可愛《かわい》いものだ。

なんだかんだ、俺を含めた周りとの交流がストレス緩和に繋《つな》がっているのかもしれない。

とはいえ、十二天魔導《じゅうにてんまどう》の仕事がだいぶ減ったことが最大の要因だろう。

大賢者の呼びかけにより、ほかの十二天魔導も仕事をし始めた。エニス一人に負担がかかる状況ではなくなったのだ。

まぁ、最大の原因ともいえる皇王に関しては、上手《うま》く宰相が操作している。

とにかくエニス、エニスと言ってしまう皇王だが、宰相がほかの十二天魔導の名を出して、エニスに仕事が向かわないようにしているのだ。

今までだったら、それでも皇王はエニスを指名しただろう。エニスだけが信用できたから。けれど、大賢者として俺が皇王を立てる動きを見せたことで、皇王の十二天魔導への不信感もいくらかは払しょくできた。

そのおかげでほかの十二天魔導にも仕事が回るようになったわけだ。

だから、エニスは最近、笑顔が増えた。

「ロイ君、見て見て！」

生徒会長室にて、エニスは可愛いデザインの緑色のブローチを見せてきた。

「それは？」

「結界の調整に皇国から派遣されている魔導師たちがいるのは知っているわよね？」

「もちろん」

「そのうちの一人が十二天魔導第六位、〝守護石のオードラン〟様の名代《みょうだい》で来ている弟子の方だったの。その方がお近づきの印にって生徒に配っていたのよ。可愛かったからつけてみたわ」

たしかにブローチからは魔力を感じる。

しかし、守護石のオードランといえば魔導具作りの匠《たくみ》。人間国宝ともいうべき存在だ。すでに高齢でほとんど屋敷から出ない人だが、弟子を派遣していたか。

学院の結界はかなり急ピッチで張りなおされた。前よりも強化された結界だ。

維持や調整には魔導具を使うしかないんだろう。

それだけ皇国としても学院が襲撃されたことを重く受け止めたということだ。弟子とはいえ、名代だ。その実力はかなりのもののはず。

「お近づきの印にしちゃ、高価ですね」

「この程度ならすぐ作れるそうよ。簡単な防御魔法が仕込まれていて、使い切りで発動するらしいわ。でも、一番はこのデザイン性よね。可愛いでしょ？」

「たしかに可愛いですね」

よくできたブローチだ。これを簡単に作れるってのは大したもんだ。

効果自体はそこまで珍しくない。ただ、これだけ精巧なデザインはそうはない。

生徒からすれば嬉《うれ》しいだろうな。なにせ、次期十二天魔導と目される人物が作ったものだ。

その信頼性はほかとは比べ物にならない。

「しかし、タダとは太っ腹ですね」

「学院の生徒たちに身を守るという意識を少しでもつけてほしいそうよ。オシャレだし、効果あると思うわ」

「オシャレに無頓着な人には刺さらなそうですけどね。俺はオシャレより、機能性のほうが重要だと思います」

「ロイ君はそうでしょうね」

ムッとした様子でエニスは眉を顰《ひそ》める。

どうやら機嫌を損ねてしまったらしい。

やはり女性は難しい。

「可愛いは正義なのよ、ロイ君」

「なるほど。一理ありますね」

「そうでしょ？」

エニスは笑顔を見せると、鼻歌まじりでスキップし始める。

急にご機嫌になった。

よくわからんな、本当に女性ってやつは。

「それじゃあ、今日は何をしますか？」

「ロイ君と一緒なら何でもいいわ」

「何でもいいっていうのが人を一番困らせるんですよ？　レナにそれを言うと怒られますから気をつけてください」

「そ、そうなの……？」

料理のとき以来、エニスにとってレナは鬼教官みたいな存在らしい。

気をつけないと、と呟《つぶや》いているから、相当、料理のときのレナが厳しかったんだろうな。

「それはそうと」

「なに？」

「また、風魔法でスカートを動かしていましたね？」

「いや、それは……」

「バレてないと思いましたか？」

「ち、違うの！　本当に見せる気はないのよ？　ただ、スカートが動いたときの男の子の反応とか、周りの女の子の慌て方とか……そういうのが楽しくて……つい」

「本当に見せる気があったら大問題です。ただの痴女ですから」

「ち、痴女なんて言わないで！」

「そう思うんだったら、ストレス発散でそういう行動は取らないことです」

「だってぇ……」

「だってじゃありません」

「……」

「もうしちゃ駄目ですよ？」

「はぁい……」

まるで娘と母親の会話だ。

それだけ学院が平和であるという証拠でもある。

帝国の動きはいまだない。不気味ではあるが、気を張り詰めすぎてもいいことはない。

今はエニスのストレスを緩和させることに集中しよう。

エニスがストレスでおかしくなってしまった原因の一端は俺にある。俺と一緒にいると、気が楽であるならば。

一緒にいてあげるべきだろう。

それに、エニスの笑顔を見るのは嫌いではない。

3

帝国。

居城にて皇帝はつまらなそうに大臣たちの報告を聞いていた。

「南部方面で再び反乱が相次いでおります」

「南部方面軍もバッハシュタイン大将亡きあと再建中のため、なかなか思う通りに動けず、反乱鎮圧には今しばらくかかるかと」

「中央方面でもいくつか反乱の兆しありと、諜報部《ちょうほうぶ》より情報が入っております」

「しばらくは内政に力を入れて、国力を回復するのが肝要かと存じます」

言っていることは当たり前のことばかり。

どれも皇帝の興味を引くことはなかった。

負けた以上、混乱は必定。

征服国家というのはそういうものだ。

外へ外へと順調に拡大しているうちはいい。けれど、どこかで限界が来る。その瞬間に内側から崩壊する。それは歴史が証明している。

しかし。

「余の夢を知っているか？」

すべての報告を聞き終えたあと、皇帝は呟くように言った。

それに対して、大臣の一人が答える。

「大陸を統一することかと」

「その通りだ。そのために余は強力な軍隊を編成し、優秀な文官たちを登用した。そんな文官たちが当たり障りのないことしか言わないのであれば、余の夢は夢のまた夢だろうな」

「しかし……」

「誰にでも言えることを言うために、貴様らをその地位につけているわけではない。常に勝ち続けることはできん。負けたときにこそ、国家の強さが問われるのだ。大陸を制覇するまで我らは歩みを止めない。止めるわけにはいかない。反乱はなぜ起きるのか？　我らの強さが揺らいでいるからだ。それは時間が経《た》ったところで解決するものではない。強さを見せつける必要がある」

「しかし、すでに各地の反乱には一度、親衛隊を派遣しております。それでも反乱が起きているのです」

「ならば、再度、見せつけるまでのこと」

皇帝はニヤリと笑う。

その笑みを見て、大臣たちは背筋を凍らせた。

「反乱を鎮圧するだけでは生ぬるい。関わった者をすべて処刑せよ。もちろん、見せしめの地域だけな」

「そのようなことをすれば反乱に火がつきます！」

「半端な恐怖は反抗を過熱させるが、究極の恐怖は反抗の気力を奪う。見せしめの地域を選定せよ。親衛隊を派遣して、徹底的に叩《たた》く」

「ですが……」

「無論、それだけではない。その一方でほかの地域の訴えをしっかりと聞き届けろ。いくつか自治区としてもかまわん」

「反乱の足並みを乱すと？」

「武力蜂起をすれば苛烈な処分。こちらと対話するならば甘い処分。必然、後者が増えていくだろう。そして前者を選択する者たちは孤立する」

「……しかし、陛下。見せしめの地域には遺恨が……」

「問題ない。何も残さなければいい。見せしめ後、皇帝領としてその地の者たちを追い出せ。惨劇の痕跡を残さなければ記憶は風化する」

「暴政かと……」

「侵略は良くて、暴政は駄目か？」

「帝国に組み込んだならば陛下の国民です」

「反乱を起こす者は敵だ。そして敵は……徹底的に叩き潰さねば。我らが大陸を制覇するためには必要なことだ」

そう言って、皇帝は大臣たちを下がらせる。

方針は決まった。あとは実現するための具体的な手段を大臣たちが考えるだけだ。

大臣たちは不満そうだったが、皇帝にとっては関係のないことだ。

皇帝が大臣の機嫌を窺《うかが》うことはありえない。

彼らは有能な文官ではあるが、代わりの人材はいくらでもいる。どうしても皇帝についていけないというなら、別の人材と交代させるだけのこと。

「余は大いに不満だ。理由はわかっているな？」

部屋の中。

一人で皇帝は呟く。

それに対して答える者がいた。

「存じております、陛下」

スッと姿を現したのは長身の青年。黒髪で眼鏡《めがね》をかけている。

しかし、その姿が本当の姿ではないことを皇帝は知っていた。

「人形遊びは結構だが、成果を出せ。〝人形遣い〟」

「人形遊びとは心外ですね。どうです？　生きているようにしか見えないでしょ？」

そう言って青年は自分の体を見せびらかす。

それは人形だ。人の体を使った精巧な人形。人間にしか見えないが、人間ではない。

五人しかいない皇帝の親衛隊の一人、人形遣い。

姿を現さず、人形を操る魔導師であり、人形作りについても超一流。

人間と変わらない人形を作製できるのは、大陸でも人形遣いのみだ。

その本当の姿を見たのは、皇帝も一度だけ。忠誠を誓うならば姿を見せろという要求に対して、たった一度だけ姿を現した。

それ以来、人形遣いは一度も本当の姿を見せていない。

「これほど精巧な人形はもはや芸術とは思いませんか？　陛下」

「余が求めているのは芸術ではなく、成果だ。貴様が三国同盟の対処を任せてほしいと言うから任せたのだ。成果を出せ」

「もちろんわかっております。すでに種は蒔《ま》いております。近いうちに大きな成果を出せるかと」

「剣聖と大賢者。あの二人は文献だけの存在、〝星霊《せいれい》の使徒《しと》〟。無限の魔力を持つ伝説の存在。上古の時代に存在した怪物だぞ？　どうにかなるか？」

「怪物ならば我ら親衛隊も同じく。それに二人を相手にするようなことはしません」

「一人ならばなんとかなると？」

「どちらを狙うかはもう決めております。私の最高傑作で帝国の偉大さを三国同盟に刻み込んできましょう」

「ならばよい。ただし、ほかの者も自分の出番はまだかと高ぶっている。チャンスは一度だけだぞ？」

「一度で十分でございます。それでは吉報をお持ちください」

人形遣いは恭しく頭を下げて、その場をあとにする。

それを見送り、皇帝はフッと笑う。

人形遣いは皇帝から見ても不気味で、謎の多い存在だ。そしてそれゆえにいやらしく、人の弱みにつけこんだ策を使う。

そのうえで実力も申し分ない。

負けるとは思えない。勝てると踏んでから動く人形遣いが、いよいよ動くのだから勝算があるはずだ。

それでも。

人形遣いが負けるようなことがあれば。

「いよいよ、本格的に魔族との共同戦線を考えなければいけないか」

魔族とは協力関係にある。けれど、さらに一歩踏み込んだ関係を構築しなければいけないかもしれない。

信用はできない。けれど、親衛隊の一人が敗れたならば利用せざるをえない。

皇帝の夢は大陸を統一すること。
そのために二十年戦い続けてきた。
これからの二十年も戦う気でいる。
だが、抵抗は徐々に強くなってきている。すんなり統一はできない。
力がいる。誰にも負けない力が。
「余は夢を叶《かな》える。決して、諦めはしない」
たとえ、何を犠牲にしても。
皇帝は笑いながら玉座から立ち上がったのだった。

4

「ユキナはつけないのか？」
今日の昼。
寝ていた俺を起こしに来たのはユキナだった。
いつもはレナが一番早い。けれど、レナは今日、予定があるようで来ていない。
だから、ユキナが俺の部屋にやってきていた。
そんなユキナの服にはブローチがついていなかった。
エニスが貰《もら》っていたブローチは、すぐに学院の生徒たちに広まっていた。

人気のあるエニスがつけていたから、というわけではない。単純に質がいいのだ。

無料で貰えるにしては、出来が良すぎる。それでいてデザイン性もいい。

そのせいで、オードランの弟子はそれの制作にかかりきりになってしまっているようだが、欲しいと言われたら必ず渡しているようだ。

「何のことかしら？」

「ほら、あれ、ブローチ」

「ああ……興味ないわ。ああいうものを身に着けても強くなれるわけではないし」

「いや、でも流行《はや》ってるみたいだけど……」

「流行っているかどうかは関係ないわ。強くなるのに必要か、必要じゃないか、それだけよ。お金を積めばもっと良い物は手に入るし」

「ユキナらしいな……」

これで俺の周りの女性でつけているのはエニスだけとなった。

レナは流行っていると聞いて興味を持ったようだが、いわく。

「流行っているので興味を持ちましたが、あまりデザイン性に共感できなかったのと、持ったときに嫌な印象を受けたのでつけません」

とのことだった。

アネットは貰うだけ貰って、大事に保管している。将来、オードランの弟子が大物になったときに売りに出す気らしい。

アネットらしい考え方だ。

そしてユキナは強くなるのに必要ないからいらない、と。

エニスがオシャレに敏感なのか、それとも俺の周りが変わっているのか……。

間違いなく俺の周りが変わっているんだろうな。

「それで？　今日はどうするのかしら？」

「授業に出るよ」

「あら、珍しいわね。エニス先輩のところに行くと思っていたわ」

なんだか言い方に棘《とげ》がある。

それになんだか、不機嫌だ。

「別にいつもエニス先輩のところに行くわけじゃないよ……」

「けど、最近はエニス先輩ばかりに構っているわよね？」

「構っているって……前も話したけど、ストレスを溜《た》めないようにしているだけだよ。エニス先輩が」

「ずいぶん信用されているのね。生徒会長補佐になるくらいだから当然だけれど」

「なんか怒ってない？」

「怒ってないわよ。全然、まったく、これっぽちも」

「怒ってるじゃん……」

俺は肩を落として、ため息を吐《つ》いた。何に怒っているのかわからないのが一番困る。

「ちゃんと週一の稽古はしてるだろ？」

「私だって稽古以外でも毎日一緒にいたいのに……」

「ん？　なんだって？」

小声すぎて聞き取れない。

首を傾《かし》げながら聞き返すと。

「私は週一で、エニス先輩はほぼ毎日。この扱いの違いは何かしら？　美人だから？　それともスタイルがいいからかしら？　胸が大きいものね、エニス先輩って。けど、胸が好きなロイ君に悲報だけれど、胸って脂肪なのよ？　夢は詰まってないのよ？　残念だったわね」

普段は表情を変えないユキナが、ちょっと微笑《ほほえ》みながら早口で告げてくる。

なんだか怖い。

ただ、怒っている理由は少しわかった。

たしかに扱いが違うというのは、そうかもしれない。

「エニス先輩と一緒にいるのは、今限定の話だから……あの人の悩みが解決されたら終わるから……それと胸は関係ないよ……」

「ただでさえ忙しいのに、ロイ君はお人よしね。それかすごい巨乳好きか」

「だから……」

これは長くなりそうだ。

どうにかユキナの機嫌を回復させなければ。

「はぁ……エニス先輩は手がかかるんだよ。ユキナみたいにしっかりしていないんだよ」

「じゃあ、私が手がかかる女なら構ってくれるのかしら？」

「それは……ちょっと違うと言うか……」

「やっぱり胸ね」

「違う。違うって」

機嫌回復失敗。

この失敗は痛い。しばらく巨乳好きのレッテルを張られかねない。

そりゃあ、まぁ。嫌いではないけども。

■■■

しばらくの間、不機嫌そうなユキナと歩いていると、やはり学院の生徒たちがブローチをつけているのが目に付く。

なかなかの広まりようだ。

そんな風に思っていると、生徒ではない人物がフラリと目の前に現れた。

ぼさぼさの髪に黒いローブ姿の眼鏡《めがね》の女性。

年は二十代前半くらいだろうか。

「うーん……もうちょっと改良できるかな？　いや、でも注文はいっぱい入ってるし」

考え事をしているんだろう。

ぶつぶつと呟《つぶや》きながら歩いている。

ぶつかりそうになって、ユキナが咄嗟《とっさ》にその人のことを避《よ》けた。

「ああ⁉　すみません！　すみません！」

「いえ、大丈夫です。こちらこそすみません」

ユキナは丁寧に頭を下げる。

そんなユキナを見て、その女性はふと固まった。

そして。

「ぶ、ぶ、ぶ……」

「ぶ？」

「ブ、ブローチとか興味ありませんか⁉」

「いえ、まったく」

「そ、それは……デザインが駄目だからでしょうか⁉」

「いえ、性能面でつけても強くなれないので」

はっきりと言い切ったユキナを見て、女性は目を瞑《つぶ》ってのけぞる。まるでパンチでも食らったかのように。

変わった女性だ。ただ、優秀な人材というのは大抵変わっているものだ。

「やはり学院の生徒さんは手強《てごわ》いですね……高い目的意識を持つ生徒さんはやはり性能……け

れど、これ以上の性能アップは時間が……」

呟き始めた女性を見て、俺はため息を吐く。

この人が噂《うわさ》のオードランの弟子なんだろうな、と察したからだ。

「あの……」

「あっ！　私ったら自己紹介もせずに！　私はオードラン様の弟子で、コラリーと申します！　学院には結界の調整のために来ました！　それとは別に未来の逸材の皆さんに私の作品を売り込めたら、なんていう思いもありまして！　はい！　それでブローチを配っています！　すみません！　無遠慮で‼」

「はぁ……それはご丁寧に。俺はロイ・ルヴェルです」

「ユキナ・クロフォードです」

「ロイ・ルヴェルさんにユキナ・クロフォードさん⁉　ルヴェル男爵のご子息にして、剣魔十《けんまじっ》傑《けつ》第六位を破ったロイさんと、剣魔十傑第三位のユキナさん⁉」

「まぁ、そうですね」

「お会いしたいと思ってました！　ぜひ、私の魔導具を見ていきませんか⁉　満足できるものをご用意できるかと！　お二人になら特別に！」

「いえ、遠慮しておきます」

ユキナははっきりと断る。

また、コラリーがのけぞる。いちいちリアクションが面白い人だ。

「コラリーさんが十二天魔導《じゆうにてんまどう》の地位を継いだ暁には、正式なお客として伺います」

「なんて嬉《うれ》しいことを⁉　そのときはぜひ！」

ユキナはフッと笑って、右手を差し出す。

けれど、コラリーは握手を断った。

「すみません……手が汚れているので」

「気にしませんが？」

「私が気にします。では、お二人とも失礼します。いつかお二人がお気に召す作品を作ってみせますね！」

そう言ってコラリーはそそくさと去っていく。

「正直な人だな。売り込みだって言ってたぞ……」

「自分の作品にそれだけ自信があるのよ。一度、手に取ってもらえば良さが理解してもらえるっていう自信が。だからブローチをつけてない私たちに興味を持ったのね」

「大した自信だな」

「十二天魔導に名を連ねる人の弟子よ？　将来の十二天魔導と言っても過言じゃないわ。それくらい自信を持っていて当然だと思うわ」

言いながらユキナは踵《きびす》を返す。

そんなユキナのあとをついていきながら、俺は問いかける。

「あの人に頼めば、それなりの魔導具を用意してくれると思うけど？」

「強くはなりたいけど、まだ私は魔導具に頼るレベルじゃないわ。もっと地力をあげないと。ただ、ロイ君がつけろって言うならつけるわよ？」

「いや、正しい考えだよ」

皇国で作られる魔導具はあくまで補助。魔法にしろ、魔剣術にしろ、しっかりと基礎ができた者が使うからこそ効果を発揮する。

誰でもそこそこの性能を発揮する帝国の物とは少し違う。

基礎が固まっていないうちに補助に頼れば、頼る癖がついてしまう。

ユキナの考えは間違っていない。性能だけを見れば。

「やっぱり可愛《かわい》いわよね、これ」

「違うデザインもあるの？　そっちを貰《もら》えばよかった……」

「これ、いいだろ？　かっこいいよな？」

「わかる！　かっこいい！」

すれ違う女子生徒も男子生徒も。それぞれ色とりどりで、多様なデザインのブローチを身に着けている。

それだけコラリーの作品が優れているということだ。オシャレアイテムとして。

「……みんなつけてるわね」

「学院が襲撃されたからな。防御アイテムをタダで貰えるなら貰うだろうさ。学院としても生徒の意識が向上するなら願ったり叶《かな》ったりだろうし」

ニーズに合ったのだ。そういう意味ではコラリーは商売人の素質があるかもしれない。

少なくとも学院には広く出回っているのだから。

5

一週間後。

俺は皇国にて大賢者エクリプスとして、ヴァレールと会っていた。

「あまりにも動きがなさすぎる。そう思わないか？　エクリプス」

「不気味ではあるな。しかし、動きがないというのが事実だ」

「そうだ。だから、何か見逃していないか探ってみた」

そう言ってヴァレールはいくつかの資料を机に広げた。

それはいくつかの船の航行記録だった。さらにその船に乗っていた人たちの記録もある。

「皇国において、南部諸国からの渡航客が増えている」

「諜報員《ちょうほういん》と言いたいのか？」

学院への襲撃は、事前に特殊部隊が大公国に潜入したうえで行われた。

そのため、三国の港のチェックは襲撃前に比べて格段に厳しくなっている。

大公国に至っては、あの日以来、皇国と王国以外の他国船の出入りを禁止している。

再び、あっさり入られたということはないはずだが。

「諜報員かはわからない。ただ、このリストに載っている者はだれ一人として母国に帰っていない」

「これだけの人数が？　職業も年齢もバラバラ。全員が皇国に定住とは考えづらいな」

「そうだ。さらに船が出港する前に、その港には帝国からの船が入っている」

帝国は各国に侵略しているが、すべての国と交戦状態なわけじゃない。

南部にはいくつも国があり、その中の一つに帝国の船が入ること自体は不思議じゃない。

ただ、あきらかに観光目的のような者がいまだに滞在しているのは、少しおかしい。

「何か帝国と関係があるかもしれないな」

「そういうわけで、今から調べに行くからついてこい。俺にわからないことでも、お前ならわかるかもしれない」

ヴァレールの言葉に俺は頷《うなず》く。

面倒ではあるが、確認は必要だ。

帝国に動きはない。それは良いことだが、続けば裏があるのではと考えてしまう。

不安は払しょくしておくべきだ。

■■■

長期間の滞在。まぁ、一人ならともかく全員となると不自然だ。

だから俺とヴァレールは観光目的で来た四十代の女性を訪ねた。

宿に泊まっているその女性は、快く部屋に入れてくれた。

「南部はやはり戦が多いので、皇国は住み心地がいいんです。つい長居してしまって……」

ヴァレールの質問に女性はにこやかに答える。

変な回答ではない。実際、事実なんだろう。

「どう見る？」

「……一見すると普通の女性だがな。ただ、魔力反応に微《かす》かな違和感がある」

俺の答えを聞き、ヴァレールは一つ頷く。

そして真剣な顔つきで俺に問いかけた。

「腕の一本くらいなら見逃してくれるか？」

「……私が治せる範囲にしろ」

「わかった」

ヴァレールは答えつつ、女性に近寄る。

女性は少し恐怖したように後ずさるが、ヴァレールは気にせず女性の後ろに回り込み、そのまま腕を背中に回して取り押さえた。

「な、なんですか⁉」

「これも国のためなんだ。許してくれ」

そう言ってヴァレールは躊躇《ちゅうちょ》なく腕をへし折った。まずは痛みを与えて、その後に尋問の予定なんだろう。

音が鳴る。聞いたことのない音が。

そして、悲鳴はない。

ヴァレールは即座に距離を取る。

音だけで違和感があったのだ。直接折ったヴァレールはもっと違和感を抱いただろう。

腕を折ったのは拷問のため。諜報員なのかどうか。何か秘密を持っているのか。とりあえず拷問で吐かせる気だった。

けれど、状況が変わった。

「こいつ……魔導人形だぞ」

「そのようだ」

逃がさないようにしながら、様子を窺《うかが》う。

何度も骨が折れる音は聞いてきた。ある程度、人の肉体は理解している。だから、音だけでわかってしまう。

この女性の体には異物が入っている。

「意外に早くバレたものだ」

女性は呟きながら、スッと体を起こす。腕は折れたままだ。

ニヤリと笑うと、女性はヴァレールへと突っ込んだ。

ヴァレールは風の刃《やいば》を放ち、女性を胴体から両断する。

だが、上半身だけになっても女性は床を這《は》って、ヴァレールに突進する。

そんな上半身の動きを俺は魔力の糸で拘束する。

「胸か、頭に核があるはずだ」

「こういう場合は頭だろうな」

ヴァレールは冷静に頭を風の弾丸で撃ち抜く。すると、女性の動きが止まった。

両断された体を見ると、ほぼ人体と変わらないが一部が人工物へと置き換わっている。

死体を使って、人体とほぼ変わらない精巧な魔導人形を作っているということだろうな。

「この場を任せるぞ？　ヴァレール」

「お前はどうする？」

「王国へ警告に行く。こいつらが人形遣いの人形なら、事態は動く」

準備が整うまで、こいつらは潜伏する気だったんだろう。

けれど、俺たちにバレた。

操っているのは人形遣いだ。わざわざ潜入させた手駒を無駄にする気はないだろう。

さっさと動くはずだ。

そして手駒を潜入させているのが、皇国だけとは限らない。

「わかった」

「それじゃあぬかるなよ」

それだけ言うと、俺は王国へと飛んだのだった。

■■■

アルビオス王国。そこで俺は剣聖クラウドとして、城へ向かっていた。

筋書きは大賢者から警告を受けた剣聖が王に伝えるというもの。

ただ、皇国に潜入した者はほぼ把握していた。けれど、王国は違う。

調べる時間を考えると、まずいのは王国だ。

早めに動かなければ。

なにがまずいかというと、人か人形か見分ける方法がほぼないことだ。

直接、体に触れれば猛者《もさ》なら違和感に気づくかもしれない。だが、それでは時間がかかりすぎる。

とにかく今は人海戦術を取るしかない。

「陛下にお会いしたい」

「これは剣聖様。陛下は現在、会議中でして……」

玉座の間を守る騎士は、少し諦めた表情で告げる。俺はそれに頷きつつ、歩みを止めない。

その歩みを止める者はいない。意味がないからだ。

扉を両手で開くと、玉座の間では大臣たちが国王、アルバート・ヴァン・アルビオスと話し合っていた。

「クラウド殿！　いくら貴殿でも無礼であろう！」

「断りもなく入ってくるとは何事だ⁉」

大臣たちの声を無視して、俺は玉座に座るアルバートに一礼する。

そして。

「大賢者より警告を受けました。皇国にて皇帝親衛隊の一人、人形遣いの侵攻を確認とのことです。人と見分けがつかない魔導人形を大量に潜入させているようです。すぐに対策が必要かと」

「人と見分けがつかない……？　それでは調べようがないぞ？」

「人形遣いが動き出したのは敗戦後のはず。ここ一月ほどの渡航者をくまなく調べるしかないかと」

「人海戦術か……動かせる騎士をすべて動員しよう」

「手強《てごわ》い相手です。七穹剣《しちきゅうけん》も動かすべきかと」

「国境の守りはどうする？」

「オレが行きます」

俺の言葉にアルバートはしばし黙り込む。

王国のほぼ全戦力を王国西部に向かわせることになる。それはつまり、王国東部、帝国との国境戦力がひどく手薄になるということだ。

「いくら貴公とはいえ、一人でどうにかなるのか？」

「時間との勝負かと。潜入がバレたと人形遣いは察したはず。矢継ぎ早に手を打ってくるはずです。素早く動けたならば防げます」

「……わかった。至急、動かせる戦力を西部に向かわせる。ここ一か月の渡航者をくまなく調べろ」

「陛下！　あまりに危険では⁉」

「私はクラウドを信じる」

アルバートはそう言うと大臣たちの言葉を無視した。

これで失敗したら、俺の責任になるだろうな。

ただ、現状はこれしか手がない。

国境は一人で守れるが、渡航者を探すのは一人じゃ厳しい。

戦力の配分はこれしかないのだ。

一礼すると、俺は踵《きびす》を返す。

人形遣いが何を目的としているのかは不明だ。

しかし、渡航者に扮《ふん》して自分の手駒を潜り込ませている以上、それで何かしてくるだろう。

このままじゃ狩りつくされるだけだ。

そして、渡航者たちに目が向けば国境の防衛が手薄となる。

それを逃すほど馬鹿ではないだろう。

だから、俺はすぐに国境へ向かったのだった。

6

王国国境。

そこに鎧姿の魔導人形の大部隊が迫っていた。

人形遣いはおそらく三国同盟を盤上遊戯に見立てている。

神の視点から見て、どんどん駒を送り込んできているのだ。

本来、これほどのスピードで物事が動くことはありえない。

部隊が動くにしても、連絡を入れて、準備をして、そのうえで動くことになる。

けれど、人形遣いはすべてを把握しており、そしてすべてを思うように動かせる。

リアルタイムで皇国、王国の状況を把握できているのだ。

だから、通常じゃ対処不可能なタイミングで魔導人形部隊を送り込んできた。

どんどん攻めて、三国の余裕をなくしていくのが目的だろう。

中途半端な対応をすれば、被害が広がるだけだ。割り切った防御をしないといけない。

いやらしい奴《やつ》だ。まるで父上でも相手にしているかのようだ。

だけど、これは盤上遊戯ではない。

戦力を拮抗《きっこう》させるために、同じ駒を同じ数だけ持っている盤上遊戯ならば、相手の手も予想できる。

だが、今は違う。剣聖と大賢者という超規格外の駒を人形遣いは持っていないし、その真価も知らない。

こういう攻めの防ぎ方は一つ。

攻め手をすぐに潰してしまうことだ。

「魔剣――絶空《ぜっくう》」

俺の剣は真っ黒な黒剣へと変化する。

一見、それ以外になんの特徴もない平凡な両刃の片手剣。

それを一振りすると、空間に巨大な亀裂が生み出される。

その亀裂は容赦なく魔導人形たちを飲み込んでいく。

なんとか亀裂に飲み込まれまいとしていた魔導人形たちが、ずっと抗《あらが》うことはできない。

すべての魔導人形が亀裂に飲み込まれたのを確認し、亀裂を閉じる。

俺はふぅと息を吐きつつ、式神術で分身を生み出し、まるで剣聖が引き続き国境を監視しているような状態を作り出した。

「さて、次いくか」

こういう侵攻のときが一番忙しい。

あちこちに飛ばなければいけないからだ。

■■■

皇国国境。

空に転移すると、すぐに状況を理解できた。

案の定というべきか、皇国国境にも鎧姿の魔導人形の大部隊は接近していた。

すでに砦《とりで》を守る国境守備軍と交戦状態に入っている。

しかし、疲れを知らず、痛みも知らず、そのくせ人間並みに動ける魔導人形を相手に国境守備軍は苦戦していた。

半端な魔法じゃ効かず、かといって物理攻撃もなかなか通らない。

そして前進をやめない軍団だ。

「くそっ！　止まらないぞ!!」

「砦を死守しろ！　ここを抜かれたら、後ろの街が襲われる!!」

「守れ!!　撃ち続けろ!!」

怒号が飛び交う。

そして魔法がどんどん撃ち込まれるが、魔導人形たちは止まらない。

いくら覚悟を決めていても、これでは兵士たちの間に恐怖が生まれる。

砦の壁に張り付いた魔導人形たちは、ゆっくりと壁を登り始めた。

「止めろ！　落とせ!!」

「中に入れさせるな!!」

このままだと砦は落ちる。

そして皇国内に魔導人形が侵入して、大混乱が巻き起こるだろう。

そうなる前にすべてを破壊するしかない。

「奏でよ、刃《やいば》の詩人――【竪琴ノ幻矢《フェイルノート》】」

空に無数の光の矢が浮かび上がる。

それらは必中の矢。

決して目標を逃がさない狩人《かりゅうど》だ。

矢は一斉に空から魔導人形へと向かっていく。

国境守備軍の魔導師たちの魔法を弾《はじ》いていた魔導人形たちだが、俺の魔法を弾くことはできない。

一撃で胴体を貫かれ、核が破壊される。

砦に張り付いていた魔導人形たちは、次々に貫かれ、どんどん落ちていく。

待機していたほかの魔導人形も同じだ。

逃げようとしても意味はない。防ごうとしても意味はない。

逃げても追っていくし、防ごうとしても、それを壊して貫く。

回避しようとした魔導人形は振り切れず、あっさり貫かれ、盾を構えた魔導人形は盾ごと貫かれた。

「砦への被害はなしか……」

砦ごと巻き込むような魔法は使えなかったが、なんとかなった。

砦では歓喜の声があがっている。

援軍が来るまで耐え抜けば、という雰囲気だったんだろうな。

ただ、申し訳ないがこちらは陽動。

渡航者に扮した魔導人形。あちらが本命であり、それに対処する人員をなるべく削《そ》ぐために攻撃を仕掛けてきた。

同時多発的に攻撃が来れば、対処に手間取ってしまう。

その間に何かする気だったんだろう。だが、すぐに国境への攻撃は終わらせた。

これで渡航者に扮した魔導人形に専念できる。

再度の攻撃に備えて、俺は国境に集中することになるが、おかげで人手は確保できたはず。

「これでどうにかなるといいんだが……」

人形遣いはいやらしい。一連の行動から察するに謀略家。しっかりと準備をするタイプだ。

奴の準備がどこまで進んでいたかによって結果は変わってくる。

ある程度の準備が終わっていたなら、これで終わらない。

次々に手を打ってくるだろう。

その場合、被害が出ることを覚悟するしかない。

「とにかく、ほかの者に任せるしかないか」

相手の意図はわからない。どこまで求めているのかも。

これで三国同盟の動きを鈍らせるというなら、それは成功だろう。しばらくの間、三国は渡航者に目を光らせる必要がある。

だが、さらに戦果を求めているならば、これでは不十分だ。

もしかしたら剣聖と大賢者を国境に張り付けにするのも、奴の作戦なのかもしれない。

けれど、事態は動き出した。

国境は剣聖と大賢者が引き受けるという体制ができた以上、勝手に離れるわけにもいかない。

そして、それが目的ならば目標となるのは大公国だろう。

前回の敗戦を経験したうえで、再度、大公国を攻めるだなんて誰も思わない。違う手で来るだろうと考えるだろう。

そういう心理的な隙をついてくる可能性はある。

そうだとすれば見事な策だ。完全に引っかけられたといえる。

とはいえ、それは普通の場合。

「さて、帰るか」

式神を残し、大賢者がさも国境に張り付いているように見せかける。

剣聖も大賢者も国境に張り付いた。大公国に襲撃があった場合、駆けつけられる強力な援軍はほぼいない。

しかし。

大公国には俺がいる。

剣聖であり、大賢者である、この俺が。

7

学院に戻ると、警報が鳴っていた。

やっぱりか、と思いつつ、俺は剣を掴《つか》んで外へ向かう。

すると、俺を呼びに来ていたんだろうユキナと遭遇した。

「状況は⁉」

「学院の外に魔導人形が現れたわ。アンダーテイルの人たちが避難する時間を稼ぐために、動ける学生は足止めに向かえっていう指示が出ているわ」

「学院に収容できる人数にも限りがあるからな」

結界を強化したとはいえ、それは学院の話。城下町であるアンダーテイルは違う。

そして学院にすべての民間人を収容するのは不可能だ。

だからこそ、避難の時間を稼ぐ必要がある。

「レナがどこにいるかわかるか？」

「アンダーテイルにいたはずだから、前線ね」

「急ぐとするか」

魔導人形の数にもよるが、前線が崩壊する可能性もある。

なるべくなら、レナには危ないことをしてほしくないんだが、レナの性格なら率先して人々を逃がそうとするだろう。

「鎧タイプの魔導人形の核は胴体にある。それを壊さないかぎりはいつまでも動くぞ」

「わかったわ」

魔導人形の装甲は分厚い。

内部の核を壊せる生徒は限られる。

三国から優秀な人材が集まる学院といえど、人形遣いが操る魔導人形は簡単な相手ではないのだ。

■■■

アンダーテイルの外側ではすでに戦いが起きていた。

けれど、それは一方的な展開だった。

ひたすら生徒が攻撃し、魔導人形は前進するだけ。

攻撃が効かないため、せいぜい体勢を崩させて進行を遅らせることしかできていない。

ただ、目的は時間稼ぎ。正しい対処の仕方でもある。

けれど、それだけでは限界がある。

「ユキナ、数を減らすぞ」

「大丈夫なの？」

それは剣聖としての実力を見せるのか？　という意味での大丈夫なの？　だろう。

それに対して俺は頷《うなず》く。

「上手《うま》くやるさ」

言いながら、俺はユキナと共に前線に出る。

ユキナは魔剣化を行い、魔導人形に突きを放つ。

装甲が一瞬で凍らされ、脆《もろ》くなる。そしてユキナの氷華閃《ひようかせん》が魔導人形を貫いた。

そのままユキナは剣を上へと払う。

魔導人形は縦に裂かれ、核が露出した。

それを壊した後、ユキナは声をあげる。

「陣形を組みなおして！　足を狙って進軍を遅滞!!　数はこちらが減らすわ！」

相手の数を減らす主攻を担いつつ、指揮も執る。

なかなかできることじゃない。

それだけ今のユキナには余裕があるということだ。

そんなことを思いつつ、俺は一体の魔導人形の剣を受け止める。

魔導人形の数は確認できるだけで十五体。学生には荷が重い数だ。

本気を出せば一瞬だが、正体がバレるわけにもいかない。

なので。

「レナ!!」

足止めに参加しているレナを見つけ、俺は声をかける。

俺の声で意図を察したのか、レナが魔法で魔導人形の足を止める。

木の根が魔導人形の足に絡みついたのだ。

それをどうにかしようと、魔導人形は俺への攻撃をやめて、木の根を壊しにかかる。

その隙をついて、俺は魔導人形の肩に飛び乗ると、装甲の隙間に剣をねじ込んだ。

それによって核が破壊され、魔導人形は機能を停止する。

「鎖骨あたりの装甲は薄いぞ！」

情報を共有しつつ、俺はレナにアイコンタクトで次の目標を指示する。

一人で倒してしまっては目立つが、協力プレイならそこまで怪しまれない。

一方、ユキナは一人で何体も倒している。あの様子ならサポートの必要はないだろう。

「お兄様！　次はどれを狙いますか!?」

さらにもう一体の魔導人形を倒したあと、レナが声をかけてくる。

いけるぞ、という雰囲気が伝わってくる。

だが、目的は倒すことじゃない。

「いや、下がるぞ」

「わ、わかりました！」

戦場の高揚感に浮かされ、目的を忘れるわけにはいかない。

ユキナもわかっているのか、そこそこ暴れたあとに下がってきている。

「徐々に後退！　市街に引き入れつつ、足止めを続行!!」

すべて倒せるなら倒してしまいたいが、俺とユキナ以外に魔導人形を倒せている者はいない。

つまり、俺たちが一体を相手している間に、ほかの魔導人形が大きく前に進んでいる。

それは足止めという目的から外れているし、生徒たちに被害が出る可能性もある。

安全策で行くべきだろう。

「あ、新手だ!!」

さらに十体の魔導人形が現れた。

次から次へと。

どのルートで運び込んできたのやら。

だが、その十体はすぐに数を減らした。

「吹き飛べ!!　【火球】　!!」

アンダーテイルの街から少し離れた場所。

そこから巨大な火球が飛んできて、新手に直撃する。

半分ほどが機能停止している。

「アネットさん！」

「ごめーん、遅れちゃった！」

森で稽古をしていたんだろう。

舌を出しながら、アネットはユキナに謝る。

ユキナはそんなアネットにため息を吐《つ》きつつ、すぐに気を取り直して指示を出す。

「なるべく撃ち続けて！」

「了解！」

一度目は不意打ちだった。さすがに二度目も同じ戦果というわけにはいかないだろうが、アネットの火球があれば近づかせないことはできる。

それだけ時間が稼げるということだ。

ただし。

「さすがに来てる学生が少なすぎないか？」

「ええ、私もそう思ってたところよ」

警報が鳴ってからしばらく時間が経《た》っている。

続々と学生は到着しているが、それにしても数が少ない。

なによりエニスの姿が見えない。

「一体、なにしてるんだ？」

おそらく学院内にいるのだろう。

避難は進んでいるし、エニスが出るまでもないといえばそうかもしれないが、それにしても増援が少なすぎる。

教師たちも全然、前線に出てこない。

「……」

何かいやな予感がする。

人形遣いの策が魔導人形で学院を襲撃するだけか？

いや、そんなわけがない。

人間と見分けがつかない魔導人形。鎧姿の魔導人形。それらを使って、王国と皇国を混乱に陥れた。

その隙をついて学院を襲撃してきたわけだが、それだけで制圧できるか？　いくらなんでも勝算が低い。

陽動の手が込んでいる分、本命が単純すぎる。

何かある、何か。

「人間と見分けがつかない……」

呟いたあと、俺は深く息を吐く。

渡航者に扮《ふん》して皇国に潜入していたのだ。大公国にだって潜入することはできるだろう。

それは学院だって例外じゃない。

ここ最近、学院は外から人を入れたことがある。

結界の張り替えだ。

そのときに魔導人形も持ち込まれたなら、この量も納得できる。

「ユキナ、ここを任せるぞ」

「ロイ君……？」

「学院は乗っ取られたと思って行動しろ。俺はなんとかしてくる」

「……わかったわ。任せて」

詳しい説明はしない。

それでもユキナは頷き、剣を構える。

俺の判断に全幅の信頼を置いてくれているんだろう。

「レナ、ユキナの指示に従え。俺は一度、学院に戻る」

「一人で大丈夫ですか？　お兄様」

「平気だ。ちょっと確認してくるだけだ」

そう言うと、俺はチラリとアネットのほうを見る。

気分よさそうに魔法を撃っている。声掛けは必要なさそうだ。

深く息を吐いた後、俺は学院へ向かって走り出したのだった。

8

学院の門は開いたままだった。

けれど、生徒が出てくる気配はない。

代わりに怒号と戦闘音が耳に届いてきた。

「随時、避難しろ！」

教師たちが生徒を守りつつ、避難を促していた。

その相手は〝生徒〟だった。表情を失い、まるで人形のように教師たちを襲っている。

恐れていたことが現実に起きている。

防げなかったのは俺が甘かったから。

警戒を怠ったつもりはない。ただ、慎重さが足りなかった。

何に対しても疑うべきだった。疑わなかったのは、帝国はしばし再建状態が続くと思っていたから。

油断していた。

だから、こんなことになっている。

「やってくれる……」

呟《つぶや》くと同時に俺は走り出す。

生徒たちは操られている。いちいち、相手をしている暇はない。

目指すのは生徒会長室。

とにかくエニスを探すしかない。エニスが操られているならば、相手ができるのは俺だけだし、操られていないなら協力したい。

ただ、その願いは儚《はかな》く砕けた。

「エニス先輩……」

生徒会長室のある建物へと続く一本道。

そこにエニスは立っていた。

表情はなく、目に光もない。

意識はおそらくない。それでも動いている。

まさしく人形のように。

その胸に輝くブローチを見て、俺は顔をしかめる。

レナが嫌った時点で気づくべきだった。レナは俺と同じく〝星霊《せいれい》の使徒《しと》〟。なにかを感じ取ったんだろう。

「似合ってないって言うべきだったか」

教師を襲っていた生徒たちもブローチをつけていた。

間違いなく、あれが原因だろう。

「ロイ・ルヴェル。ルヴェル男爵の息子だけあって、察しがいいみたいだね」

エニスの後ろから二人の人物が現れた。

一人はオードランの弟子であるコラリー。ブローチを作ったのは彼女だ。もちろん、敵側だろう。

その隣に知らない少年がいた。年は十代前半くらいだろうか？　学院の生徒ではない。

　少年は端整な顔立ちで、長めの茶髪を軽く指でいじりながら、俺のほうをじっと見つめている。

「俺を知っているのか？」

「一応ね。君を警戒したというより、君の父親を警戒していたからだけど」

「なるほど」

　会話をしながら俺は右手で剣を引き抜く。

　それに対して少年は笑う。

「僕の正体がわからないほど愚かじゃないだろう？　襲撃は帝国。そして帝国において人形といえば、一人が連想されるはずだ」

「……皇帝親衛隊、人形遣いか」

「いかにも。〝人形遣い〟のカスパルだ。もちろん、この状態での名だけどね。僕はたくさんいるから」

　自らも人形であるということをカスパルは示唆しつつ、笑う。

　そして両手を広げて、告げる。

「気に入ってもらえたかい？　この状況を」

「気に入ったと言えば満足するのか？」

「大変満足だ。帝国軍の馬鹿どもは学院を落とせなかった。彼らは力押しばかりだからね。少し小細工をすれば、こんなところすぐ落ちる。内側から崩せばいいのさ。いくつか手駒を使ってね」

そう言いながらカスパルはコラリーを指さす。

コラリーはそんなカスパルに対して、深く頭を下げた。

「どうかな？　まるで〝人間みたいだったたろ〟？」

カスパルの言葉に俺は冷静さを保つために、ゆっくりと息を吐く。

この作戦には、学生に信用される魔導師が必要だったはず。そして選ばれたのがコラリーだ。

いつから？　なんて考えるまでもない。

最初からだろう。

学院に来る前の時点で、コラリーは人形にされていた。操られているエニスたち学生とは違い、肉体改造を経た人形へと。

「生前通りに動かすのは大変でね。しかも自律式となると、苦労するんだよ。作るのは」

「成果自慢か」

「もちろん。それくらいしか楽しみがないからね。そのうち学院の制圧は完了する。勝ちは揺るがない。ああ、話を戻そうか。このコラリーはね、苦労したんだよ。捕えるのに魔導人形が十体以上、破壊された。とはいえ、その分の成果はあった。皇国内で何かするための手駒と考えていたけれど、学院への指令が出て目的を変えたんだ。この学院の制圧に、ね」

カスパルはそう言うと、生徒たちに配ったブローチを取り出す。

「このブローチ自体は特別なものじゃない。仕込んであるのはちょっとした幻術。夢を見せる

さ」

と言ってもいいかな。すぐに解けるものさ。ただ、その間はとても無防備でね。操りやすいのさ」

カスパルが指を弾《はじ》くと、エニスがカスパルのほうへ寄っていく。

そしてエニスはカスパルの傍《そば》で膝をついた。

そんなエニスの頭を撫《な》でたあと、白い顎に手をかけてカスパルは笑う。

「僕の魔法、〝操糸魔法《そうしまほう》〟の影響下に入ったら、誰も逃げられない。たとえ十二天魔導《じゅうにてんまどう》でも、ね。良い手駒が手に入ったよ。皇王の姪《めい》にして宰相の娘。皇国の民から人気の高いアイドル。学院の制圧を終えたあとは、何事もなく皇国に戻そうかな？　十二天魔導として戦力にもなるし、なにより美人だ。体でも売らせれば、皇国の貴族たちも帝国側につきそうだし。彼女のファンは多そうだしね」

ニヤリと笑うカスパルを見て、俺はゆっくりと足を進めた。

そんな俺を見て、カスパルは高笑いをする。

「怒ったかい？　君は彼女と仲が良かったからね！　これだから人を人形にするのはやめられないよ！　どんな気分だい？　愛《いと》しのお嬢様が僕の人形になった気分は⁉」

「ペラペラとよく喋《しゃべ》る奴《やつ》だ」

言葉と同時に俺はカスパルの懐に潜り込んでいた。

ありえない速さ。所詮は学生と高をくくっていたカスパルは、反応が遅れる。

狙うは首。確実に取れる。

そのために油断したカスパルの無駄話を聞いていたのだ。

けれど、俺の剣の進路上にエニスが手を伸ばしてきた。

このまま振り抜けば、エニスの腕ごと斬ることになる。

舌打ちと共に俺は剣の軌道を変える。その僅かな差で、カスパルは一歩引いた。

斬るには斬ったが傷は浅い。

軽く腹部が斬れた程度。

「驚いた……実力を隠していたんだね」

驚くカスパルを見て、俺は追撃をかける。

だが、完全にエニスが俺とカスパルの間に割り込んできた。

「君の相手は彼女だよ。十二天魔導第十二位、最優のエニス。君はたしかに強いようだけど、末席とはいえ皇国の最強戦力に敵《かな》うかな？」

カスパルは笑いながら距離を取る。いまだに余裕の表情を崩さないのはエニスという手駒がいるうえに、自身の強さにも自信があるからだろう。

カスパルに操られたエニスは、俺に魔法を放ってくる。

まずは水魔法。巨大な激流が俺を流そうとするが、それを跳躍で避《よ》ける。

それを予想していたのか、火球が飛んでくる。剣で弾くと、弾いたタイミングで風の刃《やいば》。

それも剣で弾き、着地と同時にエニスは雷を放つ。ただの雷魔法ではない。

蛇のように地面を這《は》う雷撃。

それはさきほどの水を伝って俺に迫る。

水を伝ってくる以上、弾くこともできない。

だから、俺は剣を振るった衝撃波で周囲の水を吹き飛ばす。

ただ、それも予想通りだったのだろう。

周囲に散った水が弾丸の形に変わる。

水は吹き飛ばされたことで、俺の全方位に散っている。それがすべて弾丸に変化したのだ。

操られているとはいえ、戦闘技術や思考はエニスのものだ。

「よく練られた戦術だ」

褒めつつ、一部の水の弾丸を剣で払って、包囲を脱する。

距離を取った戦いではキリがない。

そのため、俺は一気にエニスへと接近した。

操糸魔法。

魔導人形と同じ魔法ならば、必ず魔力の糸が存在する。

しかし、カスパルのそれは見えない。

目を凝らしても見えないのだ。

ただ、気配は感じる。

だから、それを断ち切った。けれど。

「さすがに多すぎるな……」

エニスを操る魔力の糸は一本じゃない。数百本はある。

どれか一本でも残っていたら、意味はない。

ブローチを壊せば人形状態を維持できない可能性もあるが、カスパルの口ぶりからしてブローチは所詮きっかけ。

今更、破壊しても意味はないだろう。

そうなると、一旦エニスを無力化して、カスパルを狙うべきだ。

考えつつ、俺はエニスの懐に潜り込む。

エニスは優れた魔導師だ。それは間違いない。

けれど、魔導師だ。剣士ではない。

接近戦ならば無力化することもできるだろう。

ただ。

「っっ⁉⁉」

エニスは懐に潜り込んだ俺に対して、真っすぐ拳を振り下ろしてきた。

魔力で強化した拳。

ギリギリでそれを避けると、その拳は地面に衝突して、小さなクレーターを作り出した。

「このっ⁉」

エニスに対しての悪態ではない。カスパルへの悪態だ。

エニスの手からは出血していた。エニスの体が壊れるのを気にせず、全力を出させているのだ。

普通、人間は自分の体を壊さないように力を調整している。その調整が今はないのだ。

威力は出るだろうが、体は耐えられない。

「壊れてもまた直せばいいだけさ」

「お前は必ず殺す」

宣言しながら、俺はエニスの追撃を躱《かわ》す。蹴りに突き。どれも威力が強すぎて、反動でエニスの体にダメージが入っている。

気絶させてもきっと動きは止まらない。今が気絶しているようなものだしな。

無力化は難しいと判断して、俺は一時的に距離を取る。

だが、それは向こうの思うつぼ。

「東天より駆ける雷。集い、混じり、迸《ほとばし》り」

エニス最大の魔法。

極限まで魔力を込めているようで、エニスの体は悲鳴をあげている。

それを見て、俺は右手で持っていた剣を左手に持ち変える。

できれば使いたくはなかった。

あまりにも効果範囲が広すぎる。それにカスパルに情報を渡すことになる。

けれど、これ以上、エニスを暴れさせるわけにはいかない。

エニスの魔法は大切な何かを守るために磨かれたものだ。

決して、俺や学院の生徒を傷つけるためのものではない。

そんなことがあってはならない。そんなことのために努力してきたわけじゃない。

ただ、守りたいから。優しいエニスはそのために努力していたのだ。

「大気を貫く一条の光となれ――【雷光極《らいこうきょく》】」

エニスが魔法を放つ瞬間。

俺は左手の剣を一閃《いっせん》させた。

「魔剣――天雲《あまぐも》」

真っ白な刀身を持つ刀が俺の左手には握られていた。

右手の魔剣、〝絶空《ぜっくう》〟が空間を断つ剣ならば。

左手の魔剣、〝天雲〟は魔法を断つ剣。

一振り。

たったそれだけで学院に施された魔法も、エニスが放とうとしていた魔法も、カスパルが施していた操糸魔法も。

すべてが断たれた。

すべてが魔力となって霧散していく。

糸の切れた人形のようにエニスがその場に倒れ込む。同じような光景が学院全体で見られているだろう。

「なん、だと……？」

完全な空白が生まれる。今、この瞬間。

学院に魔法は存在しない。

カスパルは驚愕《きょうがく》するが、その隙に俺はカスパルとの距離を詰めると、その心臓を狙って天雲を突き立てた。

けれど、咄嗟《とっさ》にカスパルが体をひねったことで、急所を外す。

だが、脇腹は深く貫いた。

「かはっ……」

「あまり人を殺したいと思うことはないんだが、お前は別だ」

「この規模の魔剣化……まさか……貴様!?!?」

俺の正体に感づいたのか、カスパルは顔をしかめながら腕を動かす。

それは最後の抵抗。

エニスに向けて何かしようとしたため、俺はカスパルの右腕を斬り飛ばす。

だが、本命は違ったようだ。

「防がなきゃ彼女が死ぬぞ!!」

腕を斬り飛ばされながら、カスパルがしたのはコラリーに糸を繋《つな》げること。

すぐにコラリーから莫大《ばくだい》な魔力反応があった。核が爆発しそうになっているのだ。

近くにはエニスが倒れている。

迷わず、俺はエニスのほうへ向かう。もちろん、その間にカスパルは逃走するが、エニスを助けるために魔剣化までしたのに、エニスを助けられませんでしたでは話にならない。

そっとエニスを抱えると、俺は一気に飛んだ。その瞬間、コラリーの中にあった核が爆発して、周囲の建物を破壊していく。

「逃げられたか……」

まぁ、しょうがない。あの深手じゃ撤退するしかないだろうしな。

今はどうにかエニスを助けられたことを喜ぶとしよう。

「よかった……」

体のあちこちにダメージが入っているが、命に別状はない。

とりあえず学院の危機は去ったといっていいだろう。

「ロイ君‼」

爆発を見て、駆けつけてきたのだろう。

ユキナが少し焦った顔で走ってくる。

そんなユキナに苦笑しつつ、俺はユキナにエニスを託す。

「説明はあとだ。もう大丈夫だろうから、ここは任せる」

「えっと……」

「やることがあるんだ」

「はぁ……どうせ、聞いても答えてくれないのよね？」

「俺は秘密が多いんでな」

そう言うと、俺はその場をあとにしたのだった。

9

皇国国境。

再度、エクリプスとして現れた俺は、周囲の警戒を始めた。

人形遣いは威力偵察を行っていた。あれは学院を落とすつもりなら、無用なものだ。

確実に人形遣いは王国か皇国に何かするつもりだった。そして、皇国を選んだ。

そうでなければ、コラリーを魔導人形に改造しないだろうし、魔導人形を多く潜伏させたりしない。

皇国側がいち早く奴《やつ》の動きに気づけたのは偶然ではない。単純な話で、渡航者に扮《ふん》した魔導人形が多かったからだ。同じ規模の魔導人形が潜入していれば、王国とて違和感を覚える。

気づけなかったのは、王国が本命ではないから。

ただ、この予想が外れたとしても。

何かする気なら奴は皇国に来る。

なぜなら剣聖の魔剣を見てしまったから。

相性最悪の相手に突っ込む勇気はないだろう。

最強の人形を用意したとしても、天雲《あまぐも》の能力で魔法が断ち切られてしまう。そうなれば終わりだ。

だからこそ、奴は皇国にやってくる。

奴は帝国が誇る五人の親衛隊の一人。このまま成果なしで帰るわけにはいかない。そして皇帝が許さない。

「帝国が誇る親衛隊。まさか、これで終わりってことはないだろう?」

俺の問いかけに答えるかのように。

空から巨大な何かが飛来した。

大きさは三十メートルを超える。

それは竜だった。巨大な赤い竜。

それが皇国の国境にやってきた。

「これはこれは。大賢者エクリプス殿がお出迎えとは」

赤い竜の背。

眼鏡《めがね》をかけた黒髪の青年がいた。

その背には皇帝親衛隊を示すマントがつけられている。

カスパルのときとは違って、本気ということだろう。

「ありきたりですが、自己紹介を。私は皇帝親衛隊の一人、人形遣い。名は……好きに呼んでいただければ。いくつもありますので」

「呼んでもいないのにやってきて、自己紹介とは無礼な奴だ。帝国の宮廷で礼儀を学びなおしてくるといい」

俺の返しに人形遣いは笑う。

「たしかに無礼でしたね。私の最高傑作を見せびらかしたくて、ついやってきてしまいました」

「魔導人形ならぬ魔導竜か。そのサイズの竜を改造するのは骨が折れたはずでは？」

「ええ、さすがに人手が必要でしたね。とはいえ、侵攻先からかき集めればいいだけですから。そこまで苦労はしなかったですよ、私は」

「自分の欲のためにどれほどの人間を犠牲にした？」

「大した数じゃありませんよ。あなたが殺した帝国兵のほうがよほど多い」

「侵略者に容赦はないからな。しかし、貴様が酷使した者たちは侵略された者。帝国の一部に組み込まれた民では？」

「まぁ、それを言われると辛《つら》いですが……私の芸術のほうが帝国の役に立ちますから。しょうがないことなのです」

「俗物だな」

「ええ、俗物です。それでですね。最近は侵略が滞っているのですよ。そのせいで私のほうに回ってくる労働力が減っていまして。困るのですよ、私の芸術が進まなくて」

「だから皇国を攻めるか？」

「ええ、侵略する国を増やさねば。私はあなたを排除する。黒の大賢者エクリプス」

「それなら私も貴様を排除しよう。皇国のために」

言葉と同時に俺はすぐに魔法を発動させる。

あの体軀《たいく》だ。並みの魔法では歯が立たないだろうが、関節部に関しては脆弱《ぜいじやく》な可能性がある。

そのため。

「奏でよ、刃《やいば》の詩人――【竪琴ノ幻矢《フェイルノート》】」

空に無数の光の矢が浮かび上がる。

あの巨体でこの数の矢を避《よ》けることは不可能だ。

変幻自在な軌道を描きながら、無数の矢が赤い竜へと襲いかかる。

しかし、光の矢が着弾した瞬間。

すべてが跳ね返された。

無数の矢が周囲一帯に着弾して、あちこちで爆発が起こる。

「私の最高傑作である〝ジャバウォック〟を舐《な》めないでいただきたい！　あらゆる魔法を反射する鏡魔装甲はあなたの魔法でも破れない!!」

人形遣いの言葉に俺は目を細める。

破れるか、破れないか。

それはとりあえずどうでもいい。問題は大魔法を跳ね返された周囲の被害を無視できないという点だ。

試すことはできない。返されてしまうかもという問題があるかぎり。

絶対に貫けると確信できないかぎり、大魔法は撃てない。

ならば。
「操っている者を仕留めればいいだけだ」
遠距離からの魔法は反射される。
それなら近づくまで。
もちろん、簡単ではない。
空を飛びながら近づこうとする俺に対して、ジャバウォックは炎を吐いてくる。
ギリギリで避けるが、その炎で地上では火災が発生した。
長引けば、国境付近が焼け野原になる。
様子見をしてはいられない。
意を決して、俺は加速。ジャバウォックの腕を躱《かわ》し、背に乗る人形遣いの上を取った。
「迸《ほとばし》れ、神威の雷光――【神雷槍《ケラウノス》】」
空から放たれた雷の槍は真っすぐ人形遣いへと向かっていく。
だが、魔法が放たれた瞬間。
人形遣いの足元が開き、ジャバウォックの頭部へと避難してしまう。
雷の槍が反射され、俺のほうへと返ってくる。
想定内ではあるため、とりあえず転移で避けて距離を取る。
上から撃てば、最悪跳ね返されても魔法は空へと向かう。
だから被害はない。大賢者が皇国の国境一帯を破壊しました、では話にならないしな。

とはいえ、これで術者を直接討つという手は使えなくなった。

『さぁ、どうするかな？　黒の大賢者エクリプス!!』

楽しそうに人形遣いが声をかけてくる。

こうなったら仕方ない。

「やれやれ……」

このまま長引かせても周囲への被害は増える一方。

ここは一つ覚悟を決めるしかないだろう。

必ず破壊するという覚悟を。

「片目の戦神にして猛《たけ》りし魔神――」

「上古の智神にして怒れる嵐神――」

「神の中の神に願い奉る――」

「我が手に千里を貫く最果ての槍を――」

「彼の敵を撃て、貫け、穿《うが》て――」

「我が身は矮小《わいしょう》な人の身なれど――」

「今、天威の力をこの手に宿さん――」

「【天理ノ神槍《グングニール》】」

詠唱ありきの大魔法。巨大な魔法陣が出現し、光り輝く槍が現出した。

ジャバウォックの装甲に絶対の自信を持っている人形遣いは動かない。

こちらが大魔法を使うことは、むしろ好都合とまで思っているだろう。

こちらは消耗するし、国境の被害は広がる。

そしてこれが通じなければ、打つ手もなくなる。

ジリ貧となった俺をそのまま皇国領内まで押し込めるとまで考えているはずだ。

けれど、それは大変な思い違いだ。

「軍に対して放った魔法が私の全力だと想定したなら……貴様は想像力を養うべきだな」

光り輝く槍はどんどん巨大化しジャバウォックに対応した大きさになる。それは一瞬にしてジャバウォックへと向かっていく。

光り輝く槍は勝利の槍。対象を撃滅するまで決して止まらない。

槍は容易《たやす》くジャバウォックの装甲を貫くと、一瞬でジャバウォックの胴体部分をすべて破壊した。

『馬鹿な……!?』

「馬鹿は貴様だ、人形遣い」

胴体部分を破壊した槍は、上空へと上っていき、そのまま急降下して落下中のジャバウォックの頭部へと向かう。

決着は一瞬。

抗《あらが》うこともできず、人形遣いはジャバウォックの頭部ごと消滅したのだった。

「ふう……」

息を吐き、周囲を見渡す。

グングニールは対象だけを撃滅する魔法。周囲への被害はない。だが、それまでに被害がありすぎた。

早めに決着をつけたつもりだが、周囲の被害は甚大だ。

守れた、とは言いがたいだろうな。

とはいえ、最低限のラインは守れた。

大事な居場所も、大切な人たちも。

相手が皇帝の親衛隊ならば、この程度の被害と許容するべきだろう。

「今回もなんとかなったか……」

正直、ギリギリだった。グングニールが効かなかったら、かなりまずい状況になっていただろう。

それこそ、剣聖としての力を使わなければいけなかったかもしれない。

そうならなかったのは幸いだった。

唯一の懸念はカスパルを取り逃がしたことだが。

「まぁ、大丈夫だろう」

そんなことを呟《つぶや》きながら、俺は周囲の火災を消火しにかかるのだった。

10

帝国。

皇帝の居城にカスパルの姿があった。

右腕を失い、腹部にも深手を負っている。

それでも動けたのは、〝自らを魔導人形に改造していたから〟。

正体不明の人形遣い。その正体がカスパルだった。

学院への襲撃。

いくらブローチで操りやすくなっていたとはいえ、多数の生徒に加えて魔導人形の操作。

やるべきことが多すぎたため、自ら出向くほかなかった。

問題はないはずだった。

けれど、想定外の存在が学院にはいた。

「くそっ……」

悪態を吐《つ》きながらも、カスパルはニヤリと笑う。

たしかに負けた。

学院への襲撃は失敗し、皇国との国境でもジャバウォックを失った。

得たものは何もないように思える。

だが、情報を得た。最も大事な情報を。

「陛下に拝謁したい」

衛兵に伝えて、カスパルは一息つく。

帝国にとって厄介極まりない存在。それが剣聖と大賢者だ。

その剣聖の正体をカスパルは突き止めた。

「王国最強の剣士が大公国の学生とは……誰も正体を突き止められないわけだ」

盲点。

あれほどの強さを誇る剣士がただの学生なわけがない。

そう思っていた。だが、強さに年齢は関係ない。

「ロイ・ルヴァル……灰色の狐《きつね》の息子なだけはある」

謀略家の息子はやはり謀略家。

自らの存在を上手《じょうず》に隠していた。

だが、甘い。

本気なら自分の命などすぐに取れたはず。しかし、正体を中途半端に隠そうとして失敗した。

エニスを気にかけていたというのもあるだろうが、本気を出していなかったのだ。

「甘い……甘すぎる！」

これで戦局は動く。

なぜならロイ・ルヴェルを足止めすれば、王国に剣聖はいない。

これで勝てる。

「こちらです」

許可が出たのだろう。

衛兵がカスパルを案内する。

そして、皇帝の部屋の前まで来た。

意気揚々と報告しようとしていたカスパルだが、不意に腹部に激痛が走った。

ロイにやられた脇腹の傷だ。

なぜ、これほど痛むのか？

カスパルは体を震わせながら服を開いて、傷を見る。

そこには魔法陣が現れていた。

「遅効性の魔法……？」

人体に魔法を付与するなんて、並大抵のことじゃない。しかも遅効性。

今の今まで気づかなかった。親衛隊であるカスパルが、だ。

そんなことをできる魔導師は一人しか思いつかない。

「なぜだ……？　奴《やつ》は剣聖のはず……」

たしかに魔剣を使った。

間違いなく剣聖のはず。けれど、今、カスパルの身に起こっていることを説明するならば、
奴は大賢者でなければならない。

痛みはどんどん激しくなり、カスパルは立っていられなくなる。
意識が薄れていく。
ただ、その中でもカスパルは一つの結論を出した。
「剣聖であり……大賢者だとでもいうのか……？」
帝国を苦しめる二つの国の英雄。
剣士の頂点と魔導師の頂点。
それが同一人物だなんて、そんな話があるのだろうか？
だが、ありえている。
ロイはわざと自分を逃がしたのだ。
帝国に戻った自分を魔導兵器として利用するために。
その事実に気づき、カスパルは顔を歪《ゆが》める。
「ふざけるな……！　ふざけるなぁぁぁ!!!!」
叫びと同時にカスパルの体は業火に包まれ、大きな爆発を引き起こす。
城の外壁まで破るその爆発は、皇帝の傍《そば》までたしかに影響を及ぼしていた。
けれど、皇帝は無傷。
傍に控える四人の親衛隊が防御したからだ。
「人形遣いは失敗したようだ。さて……次は誰が行く？」
自慢の親衛隊。

その一人を失ったのに、皇帝は悲しむ素振りも見せない。
皇帝にとって親衛隊とて駒に過ぎないからだ。
人形遣いは死んだものの、多くの情報を残していった。
調べれば多くのことがわかるだろう。
「三国同盟の攻略は近いな」
皇帝は笑いながら玉座から立ち上がり、半壊した部屋から立ち去るのだった。

エピローグ

EPILOGUE

人形遣いの襲撃から一週間。

学院はようやく復興しはじめていた。

多くの生徒が操られ、魔導人形による被害も大きかった。そのうえ学院中心部では大爆発。とても授業どころではなかったのだ。

そんな中、学院の医務室にエニスはいた。

自分のリミッターを超えた動きによる腕や足の損傷。さらには極限まで魔力を消耗したことによる、一時的な魔力の消失。

学院の生徒の中でも、とりわけ重傷を負っていた。

「ごめんなさい、ロイ君……」

「エニス先輩が謝ることじゃないですよ」

見舞い用の果物の皮を剝《む》きながら、俺はそう答える。

エニスが意識を取り戻したのはつい先日だ。操られた後遺症は今のところはない。ただ、本人はかなりショックを受けていた。

十二天魔導《じゆうにてんまどう》としてのプライドがエニスにはあった。それが敵に操られ、利用され、学院に敵対してしまったのだ。

プライドはズタズタだろう。

「……私は駄目ね」

「エニス先輩が駄目ならみんな駄目ですよ。操られたのは先輩だけじゃないですし、ブローチが広まるのを教師陣は見逃した。俺も見逃した一人です」

ブローチについては俺が悪い。気づけたはずだ。レナが嫌な感じがしたと言ったときにしっかりと調べていれば。

気が抜けていたと言われても仕方ない。

さすがに一度攻略に失敗した学院に、再度攻めてくるとは思っていなかった。

その油断が今回の事態を招いた。

エニスは被害者だ。俺の怠慢の。

だから、気にする必要はない。

「でも、私は十二天魔導でこの学院の生徒会長……誰よりも率先して学院を守るべきだったわ。責任があったのよ？」

「だとしても、すべてエニス先輩のせいにはなりませんよ。エニス先輩はエニス先輩です。個人で背負える責任なんてたかが知れています。なにより、どうにかなったわけですから。気にしても仕方ありません」

「結果的にどうにかなったかもしれないけれど……ロイ君が助けてくれなかったら……私、ほかの生徒も傷つけていたかもしれないわ……」

「傷つけていないんですから、いいじゃないですか。それと何度も言いますが、助けたんじゃなくて相手をしていただけです。相手の魔導人形が爆発して、結果的に魔法が解除されただけですよ」

あの日のことはそういうことにした。

なかなか無理がある説明だが、それ以外に言えることがなかった。

嘘《うそ》をつこうと思えばつけるが、嘘はバレる。

真実を交えつつ、肝心な部分をぼかしたほうが欺きやすい。

「でも……」

「自分のせいだと責めるのは仕方ありません。けど、行きすぎれば毒ですよ？　俺が聞きたいのはごめんなさいじゃありません」そんな言葉を聞くために、必死になったわけじゃない」

エニスは俺の言葉を聞いて、ハッとした様子で顔をあげる。

そして、泣きそうな表情を見せたあと、目に溜《た》まった涙を拭う。

「……助けてくれて、ありがとう……」

「どういたしまして」

微笑《ほほえ》みながら、俺は果物を切り分けて皿に載せると、ベッドの隣にあるテーブルの上に置く。

「個人的な意見ですけど、いいですか？」

「なに……？」

「エニス先輩は少し頑張りすぎな気がします。人の期待に応えないといけないと思うのは悪いことじゃないと思いますが、それが重荷なら捨ててしまえばいい。他人は他人。他人からの期待は無責任なものです。それでエニス先輩が苦しんでも、誰も助けてくれません。だから、期待に責任を感じる必要はないんですよ」

エニスは十二天魔導であり、剣魔十傑《けんまじっけつ》であり、皇国宰相の娘であり、皇王の姪《めい》。

その肩書きが軽いわけがない。

俺の言い分はいい加減だ。けれど、事実でもある。

肩書きは所詮、肩書き。

「期待に応えられなかったとしても……エニス先輩はエニス先輩です。今回のことで、自分が駄目だなんて思う必要はないんです。今回のことで失望する人がいても、気にしなくていい。その人たちはエニス先輩のことを助けてはくれませんから。恩着せがましいですが、少なくともエニス先輩のことを助けようとした俺の言葉を、信じてみませんか？」

何もしてくれない他人の言葉は気にしなくていい。

そう言う俺を信じてほしい。

俺の言葉の意図をくみ取ったのか、エニスは小さく頷《うなず》いた。

これでエニスの気持ちが楽になるかはわからない。

けど、伝えたかったことは伝えた。

これで今回のことを気に病まないようになってくれればいいのだけど。

■■■

「本当に帰らなくていいのか？　エニス」

エニスを見舞いに父である皇国宰相、シメオン・エトランジュはお忍びで学院までやってきていた。

「はい、お父様」

皇国に帰って、ゆっくり療養すべきでは？

そういう意見を持っていた宰相だったが、エニスは頑《かたく》なに帰国を拒んだ。

そのため、宰相自らが見舞いに来たわけだが、エニスの意見は変わらない。

「学院に拘《こだわ》る理由はなんだい？」

「……敵に操られて、無様を晒《さら》しました。学院の生徒会長なのに……肝心なときに私は何もできませんでした。だから、離れるわけにはいきません。せめて、ほかの生徒たちと一緒にいたいんです」

「ふむ……」

立派な理由だ。実際、そう思っているんだろうとも思えた。

けれど、父親としての勘がそれだけではないと見抜いた。

目を細めつつ、宰相はエニスを見つめる。

「それだけかな？」

「……お父様。今から言うことはお父様を失望させてしまうかもしれません」

「たとえ何があろうと、自慢の娘だ。失望するなどありえない」

「ありがとうございます……私は、大賢者を目指すことを一度、諦めます。そのため、十二天魔導の地位も返上しようと思います」

真っすぐ父親を見つめながらエニスははっきりと告げた。

そうするのだろうな、と思っていた宰相は驚かない。

「そうか……それがエニスの決断なら尊重しよう。けれど、一度というのはいつまでかな？」

「学生である間は、学生であることを楽しみたいと思います。勉学に励み、学院での活動に集中します。陛下にもそうお伝えするつもりです。今の私では……とても大賢者にはなれませんから」

「自信がなくなったのかな？」

「自信は最初からありませんでした……中途半端に周りの期待に応えようとして……無理をしていただけです。肩書きに相応《ふさわ》しい自分にならなくては、と。気づいたんです。なりたいではなく、ならなくては。そんな目的意識で大賢者になれるわけがない。他人の期待に振り回されて、自分が何をしたいのかもわかっていなかった。そんなことをしているうちは、私は何も成長できない。ですから、一度、目指すのを諦めます。そして今を楽しみたいんです」

人生において、寄り道は大切だ。

走ってばかりでは疲れてしまう。知らず知らずのうち自分の娘に走ることを強要してしまっていた。

そのことを恥じながら、宰相は苦笑する。

「今を楽しむのは大いに結構。そのうえで……大賢者よりもなりたいモノが見つかったなら、それを目指すのも悪くない」

「はい！」

エニスの笑顔を見て、宰相は深く頷く。

大賢者は十二天魔導の頂点。

つまり十二天魔導は大賢者候補といえる。十二天魔導にもなれない者は大賢者にはなれないからだ。

末席とはいえ、十二天魔導の一人に加わっているため、エニスには過剰なプレッシャーがかかっていた。

一度、それを取り除くのは悪いことじゃない。

「そういうことなら陛下は私から説得しよう」

「ありがとうございます」

「それでは……学生生活を楽しんできなさい」

そう言って宰相は踵《きびす》を返す。

そして部屋を出ようとしたところ、扉がノックされた。

エニスが返事をすると、扉が開く。

そこには車椅子を持ってきたロイがいた。

「エニス先輩、頼まれていた車椅子を……これは宰相閣下。いらっしゃるとは知りませんでした。ご無礼を」

「気にしなくていい。さぁ、中へ」

宰相はそう言うとロイを中へ入れる。

そして車椅子をエニスの下へ運んでいくロイと、それを普段とは違う笑顔で出迎えるエニスを見て、何かを察した宰相はため息を吐く。

いずれ、こういう日が来るかもしれないと思っていた。

実際、娘のそういう表情を見るとショックも大きい。だが、エニスの変化は良いものだ。その変化はきっと誰かから影響を受けたものだ。

近しい誰かの影響を。そうでなければ他人の期待に応えようとするエニスが、その期待に応えることをやめる、なんてことを言い出すわけがない。

ならば。

「ロイ君」

「はい？」

「エニスを助けてくれたのは君だと聞いた。ありがとう」

「いや、それは……相手の魔導人形が爆発したからで……」

それまでの間、エニスの相手をしていただけ。

ロイは説明するが、宰相は首を横に振る。

「それでも君は助ける努力をしてくれた。父親として感謝している。そのうえで……娘を頼むよ」

「は、はぁ……」

曖昧な返事をするロイを見て、宰相は微笑み、そしてその場をあとにした。

あとは少年、少女の時間だからだ。

■■■

「うーん……気持ちいい」

車椅子に乗って、エニスは外を散歩していた。

その車椅子を押すのは俺だ。

ずっと部屋にいては気が滅入《めい》るため、車椅子で散歩したい。

エニスの要望に応えて、車椅子を持ってきたのはいいのだが。

「エニス先輩、あんまり遠くは……」

「平気平気」

なぜだか、エニスは学院の外へ行きたがる。

「危ないですよ？」

「だから平気よ。ロイ君がいるもの」

「いや、何の根拠にもなってませんよ？」

「私を助けてくれたロイ君がいれば、大抵の相手は怖くないでしょ？　私、年の近い男の子に助けられたのって初めて」

「ですから……相手をしていただけだと言っているでしょ？」

「でも爆発からはロイ君が守ってくれたんでしょ？」

「まぁ、そうですけど」

「それならロイ君が私の英雄で間違いないわ」

ニコニコと機嫌よさそうにエニスは告げる。

やれやれとため息を吐きつつ、俺はエニスの車椅子を押して、森のほうへと向かう。

「静かなところがいいんですか？」

「それもあるわね。けど、学院だと邪魔者が入りそうだから」

「邪魔者？」

「ロイ君は人気者でしょ？」

「エニス先輩のほうが人気者ですよ」

「……そうね。みんな、私をまだ生徒会長として慕ってくれるわ。でも、それはロイ君のおかげよ。ロイ君が私を食い止めてくれたから、ほかの生徒を傷つけるようなことはしなくて済んだわ。ありがとう」

「お礼を言われるようなことはしてませんよ」

「ロイ君は……優しいわね」

「そうですかね？　普通だと思いますけど」

そう言って俺はエニスの車椅子を押す。

けれど、後ろから声をかけられて立ち止まる。

「普通の人は怪我人《けがにん》のためにあれこれ尽くさないわよ？」

「ユキナ……？」

なぜここに？

そんな疑問に答えるかのように、アネットが俺の背中を叩《たた》いてきた。

「人気《ひとけ》のないところに連れ込んで、何をする気なのかなぁ？　ロイ君！」

「いや、これは！」

「うそうそ、たまたま見かけたから食事に誘いに来たんだよ！　レナさんがいろいろ作ってくれたんだ！」

「エニス先輩はまだ安静にしてなくちゃいけないんです。こんなところに連れてくるなんて、お兄様は配慮に欠けますよ！」

ユキナの後ろから顔を出したレナが、少し怒った様子で俺からエニスの車椅子を奪い取る。

そして学院へ向けて押していってしまう。

なんで俺が悪いみたいになってるんだよ……。

「はぁ……」

肩を落として歩いていると、エニスがぼそりと呟《つぶや》いた。

「やっぱり邪魔が入ったわね」

「油断も隙もあったものじゃないわ」

エニスの呟きが聞こえたのか、ユキナもぼそりと呟く。

二人は視線を交錯させて、そして互いに微笑《ほほえ》んだ。

なんだか互いにライバル視しているように思える。

どうしてこうなったのやら。

青い空。白い雲。

空を見上げながら俺は深くため息を吐く。

俺の学院生活はまだまだ平穏ではいられないらしい。

最強落第《さいきょうらくだい》貴族《きぞく》の剣《けん》魔《ま》極《きわ》めし暗闘譚《あんとうたん》2

著　タンバ

角川スニーカー文庫　24012
2024年3月1日　初版発行

発行者　山下直久
発　行　株式会社KADOKAWA
〒102-8177 東京都千代田区富士見2-13-3
電話　0570-002-301（ナビダイヤル）
印刷所　株式会社暁印刷
製本所　本間製本株式会社

◇◇◇

※本書の無断複製（コピー、スキャン、デジタル化等）並びに無断複製物の譲渡および配信は、著作権法上での例外を除き禁じられています。また、本書を代行業者等の第三者に依頼して複製する行為は、たとえ個人や家庭内での利用であっても一切認められておりません。

※定価はカバーに表示してあります。

●お問い合わせ
https://www.kadokawa.co.jp/（「お問い合わせ」へお進みください）
※内容によっては、お答えできない場合があります。
※サポートは日本国内のみとさせていただきます。
※Japanese text only

©Tanba, Herigaru 2024

Printed in Japan　ISBN 978-4-04-114587-6　C0193

★ご意見、ご感想をお送りください★
〒102-8177 東京都千代田区富士見 2-13-3
株式会社KADOKAWA　角川スニーカー文庫編集部気付
「タンバ」先生「へりがる」先生

読者アンケート実施中!!

ご回答いただいた方の中から抽選で毎月10名様に「図書カードNEXTネットギフト1000円分」をプレゼント!

■ 二次元コードもしくはURLよりアクセスし、パスワードを入力してご回答ください。

https://kdq.jp/sneaker　パスワード　**my732**

●注意事項
※当選者の発表は賞品の発送をもって代えさせていただきます。※アンケートにご回答いただける期間は、対象商品の初版(第1刷)発行日より1年間です。※アンケートプレゼントは、都合により予告なく中止または内容が変更されることがあります。※一部対応していない機種があります。※本アンケートに関連して発生する通信費はお客様のご負担になります。

[スニーカー文庫公式サイト] ザ・スニーカーWEB　https://sneakerbunko.jp/

角川文庫発刊に際して

角　川　源　義

第二次世界大戦の敗北は、軍事力の敗北であった以上に、私たちの若い文化力の敗退であった。私たちの文化が戦争に対して如何に無力であり、単なるあだ花に過ぎなかったかを、私たちは身を以て体験し痛感した。西洋近代文化の摂取にとって、明治以後八十年の歳月は決して短かすぎたとは言えない。にもかかわらず、近代文化の伝統を確立し、自由な批判と柔軟な良識に富む文化層として自らを形成することに私たちは失敗して来た。そしてこれは、各層への文化の普及滲透を任務とする出版人の責任でもあった。

一九四五年以来、私たちは再び振出しに戻り、第一歩から踏み出すことを余儀なくされた。これは大きな不幸ではあるが、反面、これまでの混沌・未熟・歪曲の中にあった我が国の文化に秩序と確たる基礎を齎らすためには絶好の機会でもある。角川書店は、このような祖国の文化的危機にあたり、微力をも顧みず再建の礎石たるべき抱負と決意とをもって出発したが、ここに創立以来の念願を果すべく角川文庫を発刊する。これまで刊行されたあらゆる全集叢書文庫類の長所と短所とを検討し、古今東西の不朽の典籍を、良心的編集のもとに、廉価に、そして書架にふさわしい美本として、多くのひとびとに提供しようとする。しかし私たちは徒らに百科全書的な知識のジレッタントを作ることを目的とせず、あくまで祖国の文化に秩序と再建への道を示し、この文庫を角川書店の栄ある事業として、今後永久に継続発展せしめ、学芸と教養との殿堂として大成せんことを期したい。多くの読書子の愛情ある忠言と支持とによって、この希望と抱負とを完遂せしめられんことを願う。

一九四九年五月三日

超人気WEB小説が書籍化!
最強皇子による縦横無尽の暗躍ファンタジー!
最強出涸らし皇子の暗躍帝位争い
無能を演じるSSランク皇子は皇位継承戦を影から支配する
タンバ イラスト 夕薙
無能・無気力な最低皇子アルノルト。優秀な双子の弟に全てを持っていかれた出涸らし皇子と、誰からも馬鹿にされていた。しかし、次期皇帝をめぐる争いが激化し危機が迫ったことで遂に"本気を出す"ことを決意する!
スニーカー文庫

入栖
—Author
Iris
神奈月昇
—Illust
Noboru Kannnatuki
マジカル☆エクスプローラー
—Title
Magical Explorer
エロゲの友人キャラに転生したけど、ゲーム知識使って自由に生きる
Reincarnated as a Eroge Hero's Friend,
I'll live freely with my Eroge knowledge.
マジエク 攻略ルート
知識チートで
二度目の人生を
完全攻略！
特設ページは
▼コチラ！▼
スニーカー文庫

黒雪ゆきは
Kuroyuki Yukiha
画｜魚デニム
ill.Uodenim
極めて傲慢たる悪役貴族の所業
The Deeds of an Extremely Arrogant Villainous Noble
カクヨム
《異世界ファンタジー部門》
年間ランキング
第1位
悪役転生×最強無双
その【圧倒的才能】で、
破滅エンドを回避せよ！
俺はファンタジー小説の悪役貴族・ルークに転生したらしい。怪物的才能に溺れ破滅する、やられ役の“運命”を避けるため――俺は努力をした。しかしたったそれだけの改変が、どこまでも物語を狂わせていく!!
スニーカー文庫

真の仲間じゃないと勇者のパーティーを追い出されたので、辺境でスローライフすることにしました
Banished from the brave man's group, I decided to lead a slow life in the back country.
ざっぽん
illust.やすも
お姫様との幸せいっぱいな
辺境スローライフが開幕!!
WEB発超大型話題作、遂に文庫化!
コンテンツ盛り沢山の特設サイトはコチラ!
シリーズ好評発売中!
スニーカー文庫

世界最高の暗殺者、異世界貴族に転生する
The world's best assassin, To reincarnate in a different world aristocrat
月夜 涙 画 れい亜
“伝説の暗殺者”、異世界で無双
最強×無敵の
アサシンズ・ファンタジー――！
世界一の暗殺者が、暗殺貴族の長男に転生した。現代であらゆる暗殺を可能にした知識と経験、そして暗殺者一族の秘術と魔法。その全てが相乗効果をうみ、彼は史上並び立つ者がいない暗殺者へと成長していく!!
特設サイトは▼コチラ!▼
スニーカー文庫

すめらぎひよこ
illustration
Mika Pikazo
background painting
mocha
ep.1
魔王城、燃やしてみた
我が焔炎にひれ伏せ世界
12年ぶり「大賞」受賞作!
最強爆焔娘の異世界コメディ!
(あわよくば何か燃やしたい……)という欲求を抱いていたホムラは異世界へと招かれる——。燃やすことこそ大正義! 焼却処分はエクスタシー!! 圧倒的火力で世界を制圧していく残念美少女ホムラの行く末は!?
第27回
スニーカー大賞
大賞
スニーカー文庫
The Devil's Castle, Burning
By my flame the world bows down
スニーカー文庫

物語を愛するすべての人たちへ

KADOKAWA運営のWeb小説サイト

イラスト：Hiten

「」カクヨム

01 - WRITING

作品を投稿する

誰でも思いのまま小説が書けます。

投稿フォームはシンプル。作者がストレスを感じることなく執筆・公開ができます。書籍化を目指すコンテストも多く開催されています。作家デビューへの近道はここ！

作品投稿で広告収入を得ることができます。

作品を投稿してプログラムに参加するだけで、広告で得た収益がユーザーに分配されます。貯まったリワードは現金振込で受け取れます。人気作品になれば高収入も実現可能！

02 - READING

おもしろい小説と出会う

アニメ化・ドラマ化された人気タイトルをはじめ、あなたにピッタリの作品が見つかります！

様々なジャンルの投稿作品から、自分の好みにあった小説を探すことができます。スマホでもPCでも、いつでも好きな時間・場所で小説が読めます。

KADOKAWAの新作タイトル・人気作品も多数掲載！

有名作家の連載や新刊の試し読み、人気作品の期間限定無料公開などが盛りだくさん！角川文庫やライトノベルなど、KADOKAWAがおくる人気コンテンツを楽しめます。

最新情報は
𝕏@kaku_yomu
をフォロー！

または「カクヨム」で検索

カクヨム

きみの紡ぐ物語で
世界を変えよう。
第30回
スニーカー大賞
作品募集中!
大賞 300万円
+コミカライズ確約
金賞 100万円
銀賞 50万円
特別賞 10万円
締切必達!
前期締切
2024年3月末日
後期締切
2024年9月末日
詳細は
ザスニWEBへ
https://kdq.jp/s-award
イラスト／カカオ・ランタン